身代わり伯爵の求婚

清家未森

15555

角川ビーンズ文庫

身代わり伯爵の求婚

CONTENTS

ジーク
アルテマリスの第一王子。ミレーユを後宮に入れるのが夢。ミレーユにちょっかいを出し、リヒャルトに怒られている。
フレッド
はた迷惑なミレーユの双子の兄。いつもおちゃらけてミレーユに怒られているが、切れ者な面も。妹至上主義。
ヴィルフリート
アルテマリスの第二王子。フレッドを好敵手とし、ミレーユには密かな恋心を抱いている。着ぐるみフェチな美少年。

身代わり伯爵の求婚 CHARACTERS

リヒャルト

フレッドの親友で副官。正体が明かされ故郷のシアランに帰る戻ることに。ミレーユのことを大切に想っている。

ミレーユ

元気で貧乳で家族想いの少女。双子の兄・フレッドの身代わりに王宮に出仕する事になってから、運命が激変することに。

本文イラスト／ねぎしきょうこ

序章　宴の夜の密議

──おそらくその時、自分が思う以上に無防備な表情を浮《う》かべてしまったに違《ちが》いない。

「ごきげんよう、ウォルター伯爵《はくしゃく》。お招きいただいて光栄です」

美しく結《ゆ》われた金の髪《かみ》に、薔薇色《ばらいろ》のドレスがまばゆいくらい似合っている。黒い外套《がいとう》のフードをはずした彼女は、『素直《すなお》な下町娘《むすめ》』と結びつかない、不敵な微笑《ほほえ》みを浮かべていた。

シアラン大公ギルフォードの花嫁《はなよめ》になるはずの、ベルンハルト公爵令嬢《こうしゃくれいじょう》ミレーユ。歓迎《かんげい》式典の真っ最中に攫《さら》い、ここに連れてくるようランスロットに命じたのは、他《ほか》ならぬ自分だ。だが第一声を聞いた瞬間《しゅんかん》、間の抜《ぬ》けた失策をしたことに気がついた。

待ち合わせていた城館から姿を消した後、アルテマリスから来た花嫁行列に助けを求めて保護してもらい、おそらくは恋《こい》する男のため、大公と対決するべくシアラン宮殿《きゅうでん》に乗り込もうと花嫁役に収まった。──彼女の行方《ゆくえ》を探索《たんさく》させていたランスロットからはそう報告が来ているが、それをうっかり鵜呑《うの》みにしてしまうほど、自分は彼女に会いたかったのだろうか。

「信じられない！　本当にわからなかったんですか？　あなたのような腹黒い人でも、一番の弱点を目の前にすると頭に血がのぼってしまわれるのかな……」

愉快《ゆかい》そうにこちらを見ている金髪《きんぱつ》の娘が『偽者《にせもの》』であることを、そして妹を演じていた直前までとまるで別人な表情の変わりようを見事だと、認めるほかない。

「驚《おどろ》きましたね……。ランスロットはあなたとも友人だったのですか。ベルンハルト伯爵」

「ええ。彼は神殿《しんでん》の偉《えら》い人の命令なら、誰《だれ》とでも親しくなれるみたいですよ」

さらりといなし、彼はゆっくりと長椅子《ながいす》に腰《こし》を下ろした。

なるほど、と内心つぶやく。ランスロットにミレーユを盗《ぬす》ませたつもりが、逆に彼らの策に乗せられていたらしい。偽《にせ》の情報をつかまされ、まんまとこんなところまで来てしまった。しかもよりによってこの少年に、こんなに楽しそうな顔をさせてしまうとは。

「それにしても、あなたがこんな簡単な入れ替《か》わりに気づかないなんて、意外だな。そんなにミレーユのことがお好きなんですか？　どこまでもぼくの妹をつけ狙《ねら》って、いけない方だ」

冗談《じょうだん》めかして言った彼の瞳《ひとみ》にちらりと冷ややかな色が浮かぶ。いつも飄々《ひょうひょう》とした態度ですべてを覆《おお》い隠《かく》している彼が、こういう感情の見せ方をするのは珍《めずら》しい。

「誤解しておられますね。私はリヒト様の敵ではありませんし、妹君をお連れしようとしたのもあの方のためです。そもそもあなたは、お二人の仲をけしかけた張本人でしょう。それで憤《いきどお》るのはおかしいのでは？」

「おかしくないですよ。あなたがリヒャルトの敵だろうが味方だろうがどうでもいい。ミレーユを奪《うば》うような真似《まね》をしたんだから、どちらにしろぼくにとっては敵だ」

「ふふ……。手厳しいですね」

「いやまったく、本当に死活問題なんですよ。ぼくはリヒャルト・ラドフォードとしての彼にミレーユを愛してほしかった。けれど、大公という地位にいるのが誰であれ『シアラン大公』に妹を嫁《とつ》がせる気は最初からない。あんな魔窟《まくつ》みたいな宮殿に行かせるわけにはいきませんのでね。だからぼくの計画をめちゃくちゃにしたあなた方に腹を立てているわけです」

よって正当な怒《いか》りなのだと手を広げて解説するのを、じっと探《さぐ》るように見つめる。

宮殿に行かせたくないというのなら、どこかに匿《かくま》ってしまえばいいのに。それをする気配がないということは、もう事態を止められないのだとわかっているのだろう。その上で一体何を企《たくら》んでいるのか、どんな逆襲《ぎやくしゆう》をするつもりなのか、ひどく興味がわいた。

「狂言誘拐《きようげんゆうかい》を企《くわだ》ててまで私を誘《おび》き出したのはなぜです？　脅《おど》かしに来ただけではないのでしょう？」

「脅かすなんて……。ただ少し、協力していただきたいだけです。ぼくは今、大公殿下《でんか》の困り顔をとっても見たい気分なので……」

肘掛《ひじか》けに軽く肘をつき、彼は小首をかしげて微笑む。笑《え》みを返し、うなずいて促《うなが》した。

「拝聴《はいちよう》しましょう」

「どうも。では、まず――」

笑顔のまま続けられた彼の策は、意外といえば意外なものだった。内容自体はそれほど奇抜《きばつ》ではない、むしろありふれたものだ。けれどもその『共犯者』になるよう面と向かって堂々と言ってきたことに、少し感心してしまった。単に潔《いさぎよ》いのか、それともまだ何か裏があるのか。

「――あなたは私と違って、卑怯《ひきよう》なことはなさらないと思っていましたがね……」

聞き終えて思わずため息をつくと、彼は肩《かた》をすくめて軽く頭《かぶり》を振《ふ》った。

「もちろんしませんよ。だからこうして正々堂々あなたに気持ちを伝え、手の内を明かしている。大公殿下《でんか》に対しても正々堂々とだまし討《う》ちに行きます」

「なるほど。正々堂々、ね……」

繰《く》り返してつぶやきながら、一つ、収穫《しゆうかく》があったことに気がつく。今夜、騙《だま》されてでもここへ来てよかったとひそかに思った。確信することがあったからだ。

(彼はまだ、例の件を知らないらしい……)

それがわかった以上、自分の勝ちは約束されたようなものだ。

八年を経てようやく幕が上がった『王太子の帰還《きかん》』という戯曲《ぎきよく》には、数多《あまた》の筋書きが用意されている。それがこれから、誰の描《えが》いた筋書きで動いていくのか。

王太子本人か、その親友の伯爵か、国王か、大公か。それともまったく別の誰かなのか。

(――無論、私だ)

誰にも邪魔《じやま》はさせない。そのためには、必要な駒《こま》を早急に集めねばならない。

八年前に葬《ほうむ》られたもう一つの『秘密』を。そして――王太子の愛する本物のミレーユを。

第一章　悩める暴走乙女

「――じゃあ、一応、帰っては来たんだな？」

　夜明け間近の師団長室にて、寝癖《ねぐせ》だらけの髪を直しもせず、ジャックは難しい顔つきで聞き返した。

　公女誘拐《ゆうかい》事件、ならびに花嫁《はなよめ》誘拐事件から一夜が明けた。公女の館《やかた》の警備指示から戻《もど》った副長は、徹夜《てつや》勤務明けなどどこ吹《ふ》く風《かぜ》の涼《すず》しい顔つきで、監視《かんし》対象についての報告をしていた。

「はい。ですが、戻ってきたのは大分夜も更《ふ》けたころだったそうです。我々が庭で最後に会った時からするとかなり時間が経《た》っています。その間何をしていたのかは不明、誰かと接触《せっしょく》した形跡《けいせき》も確認《かくにん》できませんでした。申し訳ありません、監視を怠《おこた》りました」

　あの混乱ではそれも無理はないだろう。ジャックは軽く息をついて先をうながした。

「他に変わったことは」

「ミシェルの『姉』ですが、宿舎に帰っていません。もしかするとミシェルは囮《おとり》で、こちらのほうが情報を漏《も》らしていたのやも」

「何……？　くそっ、貴重な美女が……大事な目の保養がっ。まさか、もう戻ってこないんじゃないだろうな⁉ ……ああ、ああ、わかっているとも」

無言のまま冷たい目を向けられ、ジャックは手をあげて制した。そんなことを惜《お》しんでいる場合でないことは、彼が一番わかっていた。

「公女殿下暗殺指示の書簡は、昨夜のうちに確認した。第二陣《じん》が来る可能性がある。殿下を保護せねばならないが……。昨夜の刺客《しかく》は全員捕《と》らえたんだろう？」

「いえ、二人だけです。残りはロジオンが仕留めました。咄嗟《とっさ》のことで手加減できなかったと」

「ロジオン……？」

最近入団した、寡黙《かもく》な騎士《きし》。身元や後見人にも不審《ふしん》な点はなかったが、どこかで会ったことがあるような気がして気になっていた男だ。植物が好きだとかで、離宮《りきゅう》の庭師らと話をしているのを見かけたことがあるが、とても剣《けん》の腕《うで》がたつようには思えなかった。

「何か不審な点が？」

「いや、いい。――とにかく、だ。捕らえたやつらは絶対に外に出すな。それと、書記官室の管理も厳しくしろ。どうも妙《みょう》だ」

「わかりました。それで、ミシェルの件はどうされますか」

「そうだな……。例の手紙を使って引っかけるか。対処は反応を見て決める」

「ではそのように手配をします」

深く訊《き》かずにうなずいたイゼルスだったが、そのまま師団長室を辞そうとして、思い直したようにふと目線を戻した。

「念のために確認を。ミシェルが敵方の間者だと判明した場合、どうなさるおつもりです？」

意外な質問だったのか、ジャックは一瞬《いっしゅん》目を見開き、やがてしたり顔になってうなずいた。

「私もやつのことは割と気に入っているがな。だが敵ならば仕方がない。殿下の御《おん》ためだ、おまえも諦《あきら》めろ。次に恋する相手は女性にしておけよ」

「始末されるのですか？」

慰《なぐさ》めのつもりなのかわからない軽口を流して訊《たず》ねるイゼルスに、肘掛けにもたれるようにして頬杖《ほおづえ》をついたジャックは、不敵な笑みをよこしてみせた。

「安心しろ。――消す時は私がやる」

イゼルスは無言でうなずいた。上官が情に流されていないことを確認し、踵《きびす》を返そうとすると、思い出したような声が追いかけてくる。

「で、ミシェルは今どこにいる。もう部屋で休んでいるのか？」

「いえ。それが……」

答えかけたイゼルスは、迷うように少し考えてから、正直にありのままを報告した。

「厨房《ちゅうぼう》で――、何やら粉まみれで暴れています」


子どもの頃《ころ》から、よく劇場へ通っていた。お芝居《しばい》を観《み》るのが好きだった。

言えば必ず笑われたり馬鹿《ばか》にされたりするので、大きな声では言えなかったが、女性向けの恋愛浪漫劇《れんあいろまん》が好きだった。そういう甘い場面では手に汗握《あせにぎ》り、いつか自分にもああいう日が訪《おとず》れるのだろうかと、ぼんやり夢見ていた。

しかし、現実にその日が来てみると、なんと夢見ていた場面と違ったことか……！

「おりゃあああぁ――――っっ‼」

朝食の準備で忙《せわ》しない厨房の片隅《かたすみ》で、そんな夢破れた少女が一人、小麦粉と格闘《かくとう》していた。生地《きじ》を捏《こ》ねる度《たび》にどったんばったんと騒々《そうぞう》しい音が響《ひび》き渡《わた》るのを、料理人たちは訝《いぶか》しげに遠くから眺《なが》めているが、そんなことはもちろん眼中にない。

（よくも……よくもあたしの夢を……っ、ゆるさん……‼）

一応ミレーユの予定としては、咲《さ》き乱れるお花畑とか、夕日の差す波打ち際《ぎわ》とか、そういう場所でやりたいと思っていた。希望の時間帯や季節、その時に言われたい台詞《せりふ》などもあったのだが――何一つ、実際の出来事とは合わなかった。

だがそれは仕方のないことかもしれない。理想と現実が違っているのは。

（ええ、勉強になったわ。ああいうのって、ある日突然前触《とつぜんまえぶ》れもなくされることもあるんだって、身をもって知ったわよ。だけど、それにしたってあまりにも理想と違いすぎるんじゃないの⁉ なんであんな真っ暗なところで、しかもあんな無理やりされなきゃなんないの――！）

おまけに相手は、よりによってそういうことを絶対しそうにない――と思っていた――リヒャルトだった。が、相手が誰《だれ》かという問題は、この際どうでもいい。本当はよくないが、まあ、横に置いておく。

一番の問題は、嫌《きら》いだの邪魔だの言ったくせにあんなことをしたということだ。

(嫌いならするなってのよ！　あたしを何だと思ってんの!?　嫌いだって思ってるんなら、そこでスッと帰りゃよかったじゃないの！　わざわざあたしの初めてのキスを奪《うば》っていくことないでしょー！　どういう神経してんのよっ。たとえ嫌われたかったとしてもね、あんな……)

暗闇《くらやみ》の中、間近で見つめ合った時のことを思い出す。じっと無言で見つめてきた瞳《ひとみ》が苦しそうで、彼が嘘《うそ》をついているような気がした。だから、『ひどいこと』をした彼の行動に理由があるのではとあの時は思ったのだが――よくよく考えてみると、理由はどうあれ、理不尽《りふじん》な目に遭《あ》ったことに変わりはないのだと気がついた。

(そうよ、これは理不尽なことよ！　嫌われたいんなら別の方法をとればいいわけだし！　だいたいっ、嫌いになるどころか、感触《かんしょく》が残って思い出しちゃっ……て……って)

ぼっ、と顔が一気に赤くなる。唇《くちびる》が触《ふ》れた時のことを思い出してしまい、ミレーユは動揺《どうよう》のあまりぶんぶんと頭を振《ふ》ってわめいた。

「ぎゃ――――っっ!!　やだやだやだっ、頭よ無に帰れえぇ――――!!」

呪文《じゅもん》を唱えながら生地を捏ねまくる。この混乱ぶりは我ながら甚《はなは》だしい。二度と作るまいと職人の矜持《きょうじ》にかけて誓《ちか》ったというのに、お菓子《かし》でなくパンを作ってしまっているくらいだ。

「ミシェルくん、大丈夫《だいじょうぶ》かい……？」

ついに暴れる力も尽《つ》きてへたり込んだミレーユを見て、顔見知りの料理人が恐《おそ》る恐る声をかけてくる。ミレーユはしばらくその場にうずくまっていたが、やがてずるずると立ち上がった。

「小麦粉わけてくれて、ありがとう……。お邪魔しました……」

「だ、大丈夫なのかい？」

「はい……。ちょっと走ってきます……」

出来上がった生地を焼いてくれるようお願いし、ミレーユは次の煩悩《ぼんのう》解消法を求めて演習場へと向かうことにした。


ひとっ走りしてようやくいくらか心を落ち着けると、ミレーユは食堂へ向かった。

(いけない……。これくらいのことで取り乱すなんて、女がすたるわ。悪いのはあっちなんだから、堂々としてればいいのよね。さて……どうやって復讐《ふくしゅう》してやろうかしらね……)

昨夜ヴィルフリートと別れて帰ってきてから、すでに復讐計画は練ったし、果たし状も書いた。後はこれを本人にたたきつけるだけだ。そのためにも毅然《きぜん》としていなければ。

荒《すさ》んだ目つきで歩いていると、後ろからアレックスが追いついてきた。

「ミシェル、昨日は大変だったな！　大丈夫か？」

開口一番そう言われて、直前の決意もどこへやらミレーユは瞬時《しゅんじ》に動転した。

「たっ、たたた大変って、別にっ、ていうか何が⁉」

「いや、バルコニーから飛び降りて足を痛めたって聞いたから。まだ具合が悪いんじゃないの慌《あわ》てるさまをアレックスは不思議そうに見ている。そっちの話かと安堵《あんど》したミレーユは、額の汗《あせ》をぬぐいつつ答えた。

「ああ、それは大丈夫。一晩寝《ね》たら治ったから」

「治ったのかよ⁉　頑丈《がんじょう》なんだな……」

感心半分呆《あき》れ半分でつぶやいたアレックスは、訝しげに眉根《まゆね》を寄せた。

「どうかしたのか？　君はわりと普段《ふだん》から変わってるけど、今朝は特に変だぞ」

「そ、そうかな……そんなことないよ」

「いや、おかしいって。目の焦点《しょうてん》合ってないし、後ろから見てたけどふらふらしてたし、そのわりに顔つきは緊張《きんちょう》してるし。——あ、もしかして、昨夜のあの件を気にしてるのか？」

アレックスが思い出したように言い、ミレーユはびくりと身じろぎした。

「あ……あの件って……？」

彼が知るはずもないのに、リヒャルトのことを言われた気がして顔が熱くなる。頬《ほお》や唇をくすぐる吐息《といき》の感覚や、冷たい指になぞられる感触、ぐっと抱《だ》き寄せられた時のことなどが怒濤《どとう》のように次々と脳裏《のうり》によみがえってきて、たまらず目を瞑《つぶ》った。

「だからさ、昨夜の宴《うたげ》で、ラウール先輩《せんぱい》を怒鳴《どな》ったこと……」

「ひゃあああぁ——‼」

「な、なんだよ⁉」

突然奇声《とつぜんきせい》を発したミレーユに、アレックスがぎょっと目を瞠《みは》る。ミレーユは真っ赤になったまま頭を抱《かか》えて激しく息をついていたが、いきなり踵を返した。

「ちょっと走ってくる！」

「は⁉」

なんで？ と唖然《あぜん》とするアレックスを残し、ミレーユは煩悩を解消するべく再び演習場へ向かって猛然《もうぜん》と駆《か》けだした。


「――ミシェル、悩《なや》みがあるなら相談しろよ。僕たち盟友じゃないか」

二度目の走り込みから帰ってきたミレーユを待ちかまえていたアレックスは、真剣《しんけん》な顔つきでそう申し出てきた。彼が手にしている帳面を何気なく見やったミレーユは、それが自分が作成したばかりの復讐帳だと気づいた。いつの間にか落としていたらしい。

「これ、君のだろ？ 一体なんなんだ？ 『闇討《やみう》ち』だの『落とし穴』だの……。こんな物騒《ぶっそう》なことを考えるほど君は追い詰《つ》められているのか？」

「あっ、見ちゃだめだよ！ すっごく呪《のろ》いを込めて書いたから危ないよ！」

「呪いって、君さぁ。そういうの込める前に、僕に相談しろよな。無闇《むやみ》にそういうのに頼《たよ》ると危険なんだぜ」

あくまでも真剣で親身な彼に、ミレーユは感謝しながらも目をそらした。とてもじゃないが気軽に言えることではない。――乙女《おとめ》の心情的に。

「ありがとう……。でも、その……、軽々しく口に出来ることじゃないっていうか、あの……恥《は》ずかしいから、いいよ……」

ぼそぼそと断ると、アレックスは少しあらたまった顔で切り出した。

「こんなこと訊《き》いてもいいのかわからないけど。もしかして恋愛《れんあい》の悩みじゃないのか？」

「……!!」

「いや、さ……、昨夜のこと、いろいろ聞いて、僕なりの仮説をたててみたんだ。その、君がつまり、昨夜……」

どこか言いにくそうなアレックスの声に、ミレーユの顔はどんどん熱くなる。心拍数《しんぱくすう》が上がっていくのが自分でもわかった。

「あんなになりふり構わず必死になっていたのは、やっぱり、公女殿下に身分違いの恋《こい》をしているからなのか？」

予想とまったく違うことを言われ、気が抜《ぬ》けて思わずぐらりとよろめいたミレーユは、その勢いのまま壁《かべ》に顔面から突《つ》っ込んだ。ゴッと鈍《にぶ》い音がして、アレックスが目をむく。

「うわ！　大丈夫か!?」

「あ……、うん、平気平気」

「いや平気じゃないだろ！　流血してるぞ、額のところ！」

弱々しい笑顔《えがお》で振り向いたミレーユは、激しく指摘《してき》されるまま額に手をやった。そういえばこの建物、全体的に古いため壁の表面がざらついている。それで擦《す》りむいてしまったらしい。

「え？　あ、ほんとだ、赤いね、あはは……」

「ミシェル、しっかりするんだ！」

額からだらだらと血を流しながら微笑《ほほえ》む盟友を、アレックスが必死の形相で揺《ゆ》さぶる。

少し冷静になろうと思い、ミレーユは大きく息をついた。

「あのさ、アレックス……。悪いけど、棒か何かで思い切り頭を殴《なぐ》ってくれない？」

「なんでだよ!?　危ないだろ！」

いっそのこと、本当に記憶喪失《きおくそうしつ》になりたい。こんなにもあの時のことばかり考えていたら、心身不安定でそのうち死んでしまいそうな気がする。

「じゃあ、このへんに、滝《たき》とかないかな？」

「滝？　ないと思うけど……一体何をする気だよ」

「うん……、なんかもう煩悩っていうか、頭をかち割って中を洗い清めたくて……」

「しっかりしろって！　ほら、配膳《はいぜん》はやってやるから、君は座って」

本格的におかしくなったと思ったのかどうか、アレックスは若干《じゃっかん》焦ったようにミレーユを無理やり席につかせ、傍《そば》の隊士に手当てを頼《たの》んでから、朝食の準備をしに行った。

ミルクと大量のパン、チーズにスープを並べた盆《ぼん》を持って、アレックスが帰ってくる。無事に手当てをしてもらったミレーユは礼を言って食べることにしたが、お腹《なか》が空いているはずなのに食欲がわいてこない。それもこれも誰《だれ》のせいなのかと思い出し、今度は腹が立ってきた。

（あたしに食欲をなくさせるなんて……絶対ゆるさないわ、あの男……っ）

意地でも食べてやろうとスープに取りかかる。まるで仇《かたき》がそこにいるかのようにがつがつと食べ始めたが、ふっと昔のことを思い出して手を止めた。

アルテマリスにいた頃《ころ》――お腹が空いたなとぼんやり思っていると、どこからともなくお菓子の袋《ふくろ》を取り出して、手ずから食べさせてくれた彼。どうして考えていることがわかるんだろうといつも不思議だった。指が唇に軽く触れただけで、わざとではないとわかっていても落ち着かなくなったことを覚えている。こんなことを普通《ふつう》にやってのける人だから、きっと他意はないのだと自分に言い聞かせ、お菓子の美味《おい》しさに集中しようと気をそらしたことも。

それなのに、昨夜唇《くちびる》に触《ふ》れてきたのは指どころの話ではなかった。しかも事故などではなく明らかに意志を持ってのことだった。でなければこんなにもはっきりと感触《かんしょく》を思い出せるわけが――。

「ひぃええぇぇぇぇっ、――げふごふっ」

「大丈夫《だいじょうぶ》か!?」

スープを飲みながら思い出してしまい、ミレーユは盛大にむせかえった。向かいに座ったアレックスが慌ててハンカチを差し出す。

「やっぱり何か悩んでるんだろ？　盟友である僕にも言えないことなのか？」

「いや……そうじゃないんだけど……」

「じゃあ話せよ。こう見えても僕は、級友の相談に乗り続けて十余年の級長人生を歩んできたんだぜ。力になれる自信がある」

なんとも心強い言葉に、ミレーユはおずおずとアレックスを見上げた。確かに、自分一人でうだうだ考えているよりは、誰かの意見や経験談を聞いてみたほうが道が開けそうだ。女の自分には理解できないことも見つかるかもしれない。

そう思い直し、ミレーユは意を決して口を開いた。

「あのさ。……キスしたことある？」

ブッ、とアレックスがミルクを噴《ふ》いた。

目を白黒させて口元をぬぐい、彼は軽く咳《せ》き込みながら顔をあげた。

「いっ……、いきなり、何を言い出すんだよ！　むせちゃったじゃないか」

「ごめん。──で、あるの？」

ミレーユの真面目《まじめ》な表情を見て、冗談《じょうだん》でも何でもないと悟《さと》ったらしい。アレックスの頬が少し赤くなった。

「……あるけど、なんでそんなこと訊くんだ」

「う……、なんていうか、参考のためというか」

まさか男心の調査のためとは言えず、ミレーユは目をそらして答える。噴いたミルクで汚《よご》れた眼鏡《めがね》をはずしながら、アレックスは怪訝《けげん》そうに口を開いた。

「別に、大した話でもないけど。姉貴の友達に面白《おもしろ》半分でやられたってだけだから」

「ははぁ……、お姉さんの友達に、と……」

「何を記録してるんだよ!?」

いつの間にか取り出した帳面にペンを走らせているのを見て、アレックスは目を瞠る。ミレーユは構わず身を乗り出した。

「他《ほか》には？　自分からしたことはないの？」

重ねて訊《たず》ねると、彼はむっとしたように眉根《まゆね》を寄せた。

「なくて悪いか？　言っておくけど、僕は初等科から一貫《いっかん》して男子校育ちで、盛り場に繰《く》り出すような趣味《しゅみ》もないからな。研究者を目指してたから、朝から晩まで勉強してたし。女性と関《かか》わってる暇《ひま》なんかなかったんだ」

「なるほど、男子校育ち、と……」

急いで書き留めていると、騒々《そうぞう》しい声が割り込んできた。

「あってめっ、また一人だけアニキと飯食いやがって！　抜け駆《が》けしたらシメるっつっただろうが！」

盆を持ってやってきたのはテオと、その他舎弟《しゃてい》たちである。汚れを拭《ふ》き終えたアレックスが眼鏡を掛《か》け直しながら鬱陶《うっとう》しそうに顔をしかめた。

「いちいちうるさいな。食事くらい静かにさせろよ」

「んだとコラ！　あとで洗濯《せんたく》場の裏まで来やがれ、ナイフ投げの的にして……、え、なんすか、アニキ」

帳面を構えたミレーユに肩《かた》をたたかれ、テオは不思議そうに顔を向ける。

「テオ、ちょっと訊きたいんだけど……」

「あ……、よせって、ミシェル――」

「はい！　なんでしょう？」

止めようとするアレックスを押しのけ、テオが笑顔で前に出る。ミレーユはごくりと喉《のど》を鳴らして口を開いた。

「キスしたこと、ある？」

テオはきょとんとしてミレーユを見つめ返したが、すぐにまた笑顔になって答えた。

「はい！」

「え……、あるのっ？　どこで、誰とっ、どんなふうに！」

鬼気《きき》迫《せま》る勢いで質問を浴びせるミレーユに、テオは少し照れくさそうに鼻をこすった。

「いやー、アニキには及《およ》びませんが、オレも結構もてるんすよ。親父《おやじ》のやってる店に行ったら、もてもてでやりまくりっす！」

「なっ……やりまくり⁉」

「はい。あ、うちの親父、盛り場とかそういうのをいろいろ経営してるんすよ。と言っても、そんないかがわしいところじゃないんすけどね。ガキの時から入り浸《びた》ってるもんで店の姐《ねえ》さんらとも顔見知りなんすよ。挨拶《あいさつ》代わりみたいなもんっす」

「顔見知りだからって、そんなに誰とでもやるのっ？」

信じられないことを聞いた気がして身を乗り出すと、テオはきっぱりと答えた。

「若い時は相手は選ぶなと、親父に言われてるんで。何事も経験っすから！」

堂々と父親の教育方針をのべられ、ミレーユはくらりと目眩《めまい》を覚えた。

「へ……へえ……。すごいんだ……」

「いやあ、お恥《は》ずかしいっす！　アニキに比べたらまだまだガキの領域っすよ！」

「だからよせって言ったろ。こいつのただれた話なんか、君の純愛の参考にはならないんだって」

冷たくアレックスが言い、ミレーユはペンを握《にぎ》りしめたままうなだれた。

（なんか、違う……。あたしの知りたいのはそういうのじゃなくて……）

まったく参考にならない経験談にうちひしがれていると、舎弟たちがフフフと笑って話に入ってきた。

「恋《こい》のお悩《なや》みですか？　アニキさん」

「アニキさんほどの猛者《もさ》を恋煩《こいわずら》いにさせるなんて、その女性は相当の強者《つわもの》ですね！」

「いや……違うから……」

「なに、恋の悩みだと？　よし、私もまぜろ」

驚《おどろ》いたような明るい声が響《ひび》く。見ると、団長のジャックがいつの間にか輪に加わっていた。

相変わらず寝癖《ねぐせ》だらけだが顔色はつやつやと元気そうだ。

「昨日の怪我《けが》の具合はどんなものかと見に来てみれば……。すこぶる元気じゃないか」

「それがそうでもないんですよ。彼、恋愛《れんあい》のことで悩みすぎておかしくなってるんです」

心配そうなアレックスの言葉に、ジャックはふむ、とミレーユを見つめ、隣《となり》に陣取《じんど》った。

「どれ、団長として相談に乗ってやろう。一体何を悩んでるんだ？」

思わぬ展開になってしまい、ミレーユは少し怯《ひる》んだが、思い直して居住まいを正した。曲がりなりにも彼は人生の先輩《せんぱい》だ。きっと何か有意義な話が聞けるに違いない。

「あの、ですね……。団長、男の人から、いきなりキスされたことありますか……？」

深刻な顔で切り出したミレーユを、ジャックはぽかんとして見つめた。だがすぐに彼も深刻な顔になった。

「そんな悲劇、想像したくもないが……」

「……!!」

やっぱりあれは悲劇だったのだと、ミレーユはショックを受けて青ざめた。その肩をたたき、ジャックは力強く助言する。

「まだ若いんだから、そういうことをしたいのなら男とじゃなく女性とやれ。道を踏《ふ》み違えるな！」

「アニキさん。素面《しらふ》じゃできないってんなら、酒で勢いをつけてから告白するってのもアリですよ。あっしはそれで今の嫁《よめ》さんを口説いたんですが、うまくいきましたから！」

「おお、それいいな！　ぜひそうしろ、ミシェル。あ、でもおまえ、酒強いんだったな」

「…………酒？」

そう言えばあの時、リヒャルトから甘い香《かお》りがしていた。あれは彼が使っている酔《よ》い止《ど》め薬の匂《にお》いだった。ということは当時彼はあの薬を服用していたというわけで、つまりは、ミレーユに会う前に酒を飲んでいたということになる。

（まさか、酔った勢いで……？　あたしを酒の餌食《えじき》に……⁉）

そんなことがありえるのだろうか？　男というものは、そんなことで簡単に唇を奪《うば》ったりするものなのか。

「そう深刻に考えずともいいじゃないか。かくいう私も、若い頃《ころ》はだな……」

青ざめて頰《ほお》を包みながら考え込むミレーユに、ジャックがしたり顔で肩に手を回す。

「おや、団長殿《どの》も経験がおありで？」

「ま、若気《わかげ》の至りってやつだな！　そうやって若者は成長していくものなんだ」

あははと耳元で楽しげに笑われ、ミレーユは愕然《がくぜん》となった。

（なんですって？　若気の至り……？　そ……そんな、若気の至りで済むか――――‼）

バキッ、という音とともに、手の中でペンが真っ二つにへし折れる。一同はぎょっとしてそれを見やった。

「ア、アニキ……？」

折れたペンと帳面を食卓《しょくたく》に置くと、ミレーユは荒《すさ》んだ目をして立ち上がり、宣言した。

「ちょっと走ってくる‼」

「え？　またかよ！」

アレックスの叫《さけ》びを背に、ミレーユは憤然《ふんぜん》として食堂を飛び出した。

昨夜の主役であった公爵令嬢《こうしゃくれいじょう》の滞在《たいざい》する館《やかた》には、シアラン使節団の面々が押しかけていた。予定では——つまり大公の命令では、すぐにでも令嬢を宮殿《きゅうでん》に連れていくことになっていたため、迎《むか》えに来たのである。

しかし昨日の今日でそううまく事が運ぶはずもなく、館中に轟《とどろ》きそうな怒声《どせい》が彼らを直撃《ちょくげき》していた。

「きさまら——！　昨夜のことがごめんで済むと思ったら、大間違《おおまちが》いだぞ!!」

ずっと続いていた怒声がひときわ大きくなる。なだめるかのように男たちの慌《あわ》てた声が続くが、伯爵《はくしゃく》の機嫌《きげん》は直らないらしい。それも無理はない話で、彼の大事な妹は、昨夜衆人環視《しゅうじんかんし》の中で盗賊風情《とうぞくふぜい》にさらわれてしまったのだ。

「可憐《かれん》で清楚《せいそ》で優《やさ》しく美しい僕の妹を、よくもあのような目に……っ、そこにいる全員、首をかける覚悟《かくご》はできているんだろうなぁぁ！」

ドタン、ガチャンと何かが壊《こわ》れるような音と悲鳴が続く。癇癪《かんしゃく》を起こして何か物に当たったようだ。一連の物音を隣室《りんしつ》で聞いていた本物のベルンハルト伯爵フレッドは、思わずため息をついた。

「あーあ。殿下《でんか》ったら張り切りすぎだよ。あんな恫喝《どうかつ》しまくる男だと思われたら嫌《いや》だなぁ」

あまり評判が悪くなるのは避《さ》けたいところだが、だからと言って止めに行くわけにもいかない。今の自分はベルンハルト公爵令嬢ミレーユなのであって、盗賊に攫《さら》われたショックで寝込《ね》んでいることになっているのだから。

「一国の重鎮《じゅうちん》たち相手にあの口調はないよね。ぼくはここじゃあ、しがない一伯爵なんだよ？　怒鳴《どな》り散らすより、ねちねち責めるね、ぼくなら。そっちのほうが楽しいし」

昨夜酒まみれで酒瓶《さかびん》を抱《だ》いて眠《ねむ》っていた上、アルテマリスへ連れて帰るよう頼《たの》んでいたミレーユをあっさりと騎士《きし》団へ帰してしまったのだから、荒《あ》れたくなるような何かがおそらくあったのだろう。しかし、シアラン側にはかなりの圧力がかかっているだろうが、あれでは熱演というより八つ当たりだ。

やれやれまったく、と首を振《ふ》り、彼は優雅《ゆうが》な仕草でカップをテーブルへと戻《もど》した。

「――アンジェリカ。彼にお仕置きするのは、このへんでもういいかな？」

背後で一心不乱にペンを走らせていたアンジェリカが、はっとしたように顔をあげる。

「あっ、申し訳ございません。拘束《こうそく》されてやつれ顔の神官さまが、思いのほかわたくしの心に響いてしまって……。もうすぐお別れかと思うとこの熱き思いを抑《おさ》えきれず、一片《ぺん》のかけらも残さず記録しておこうとつい夢中になってしまいまして」

「きみは本当に熱心だよねえ。じゃあ今度はもうちょっと、きつめにいじめてみる？」

冗談《じょうだん》とも本気ともつかない笑いで応じて、フレッドはナイフを手に立ち上がる。わくわくしたようにアンジェリカが丸眼鏡《めがね》をきらりと光らせた。

二人の視線の先、柱に縛《しば》り付けられて床《ゆか》に座らされ、うんざりした顔をしているのは、怪盗《かいとう》ランスロットことヒースである。捕獲《ほかく》されて以降、散々使いっ走りにされたり、アンジェリカの創作活動の参考に協力させられたり、ねちねちと神殿のことで心理的圧力をかけられたりしてきた彼は、ベルンハルト伯爵だけは死んでも敵に回すまいと改めて自分に誓《ちか》っていた。

「ランスロット君……、残念だけどここでお別れだ」

フレッドはヒースを縛っていた縄《なわ》をナイフで断《た》ち切り、名残惜《なごりお》しげに切り出した。

「きみが神殿《しんでん》の偉《えら》い人たちの命令で動いてるのは知ってる。それはつまりリヒャルトのための行動であると信じて、きみを解放しよう。本来の目的を果たすといい」

ようやく身体の自由を取り戻したヒースは、縛られていた手首をさすりつつ見上げた。

「……あんた、嬉々《きき》として動いてるけど、エセルバート殿下の命令なのかい」

「彼はぼくに命令なんてしないよ。優しくお願いはされるけどね。たとえば、そう……〈星〉の捜索《そうさく》についてとか」

さらりと言って、フレッドは踵《きびす》を返す。そろそろ王子が戻ってくる頃だ。そうすれば現在の衣装を替《か》えなければならない。個人的にはこのままでも構わないのだが、シアラン宮廷のお歴々の前では令嬢ぶりっこをしている必要がある。

すぐに立ち上がる気力もないのか、ヒースは座り込んだままふて腐《くさ》れたように口を開いた。

「伯爵様ー、そろそろ〈星〉の在処《ありか》を教えてくださいよー」

「だめだね。信用できない。教えたら、きみはぼくを裏切るだろ?」

「……」

黙《だま》り込んだ背後を、フレッドは笑顔《えがお》で振り返った。

「何を考えてるか当ててようか。──『どうやって始末してくれよう……この美少年め！』」

「いや……。美少年とかは思ってねえよ……」

どこまで自分を称賛《しょうさん》すれば気が済むのか。呆《あき》れを通り越《こ》してヒースが途方《とほう》に暮れていると、隣室から王子のひときわ大きな叫び声が響いた。

「この先また妹に何かあったら、今度は大公自身に責任を取ってもらうからな。帰ったらそう伝えておけ！」

「お。決め台詞《ぜりふ》でたね」

フレッドがつぶやく。と、扉《とびら》が勢いよく開き、伯爵役のヴィルフリートが憤然とした様子で入ってきた。失恋《しつれん》と二日酔《ふつかよ》いの二重苦のせいか、恐《おそ》ろしく機嫌の悪い顔つきだ。

「殿下、お疲《つか》れ様《さま》でした」

「うるさい。僕に話しかけるな！」

嚙《か》みつくように叫んで顔をあげた彼は、フレッドを見て驚愕《きょうがく》したように目を瞠《みは》った。

「フレデリック！　それは……！」

「フフフ……。お気づきになりましたか」

「それは何だ⁉　見たことのない着ぐるみだが……」

ヴィルフリートの瞳《ひとみ》がきらめき出す。フレッドは微笑《ほほえ》んで両の前脚《まえあし》を広げた。

「伝説の神獣《しんじゅう》と呼ばれる、白虎《びゃっこ》ですよ。素敵《すてき》でしょう？」

ひそかに作らせていた着ぐるみは、純白の毛並みに黒い模様があちこち走っている珍《めずら》しいものだった。街のあやしげな本屋で見つけた図鑑《ずかん》に載《の》っていたのを見た時は心が躍《おど》ったものだ。

ヴィルフリートも同じだったらしく、頬を染めて駆《か》け寄ってくると、なめるように観察しながら顎《あご》に手をあててうなずく。

「これは……いいな！　毛並みも、もふもふで……最高だ……！」

「恐れ入ります。ところで、何をそんなに怒《おこ》っておいでなのです？」

機嫌を良くしておいてさりげなく突《つ》っ込むと、王子は眉根《まゆね》を寄せて鼻を鳴らした。

「ルーディにな。ガキがぎゃあぎゃあわめくなと言われたのだ。あの無礼者め！」

「ほほう？」

ミレーユが騎士団の宿舎に戻ってしまったため、ルーディにも付き添《そ》いとして残ってもらうことにした。もちろん無償《むしょう》ではなく、後で珍品蒐集《ちんぴんしゅうしゅう》の新契約《けいやく》を結ぶことになっているが、それは自分の趣味《しゅみ》なので出費的には少しも痛くはない。

「なぜそんなにラドフォードの味方をするのかと聞いてみたのだ。そうしたら信じられないことに、愛人になって手当をがっぽりもらうためだとのたまったんだぞ！　永遠の美を追求するには金がかかるのだと言ってな！　何か見返りがなければ手の貸し甲斐《がい》がないだの、まったくの良心だけで手を貸すやつなどいないだの、そんなやつがいたら逆にあやしいだの……！　なんてやつらなんだっ、大人なんか大嫌《だいきら》いだ！」

「ははーん……。それで『ガキ』ですか」

「そうなのだ。ラドフォードもそれを承知して相手を使おうとしているのだから構わんとな。そういうこともわからないやつが騒《さわ》ぐなだと！」

実は国を出る時、兄からも同じようなことを言われて鼻で笑われたという過去を持つ王子は、憤然として白虎の肉球を触《さわ》った。可愛《かわい》いものを愛《め》でて怒りを収めたいらしかった。

「それで言ってやったのだ。僕はそんな大人にはならないし、第一ミレーユにはそういう思惑《おもわく》などないとな！　彼女の行いは純粋《じゅんすい》なる善意なのだと！」

「ふむふむ。それで？」

「そんなことはわかっていると言われた。だからラドフォードは彼女に惚《ほ》れているんだろう、と。惚れているならなぜ遠ざけるんだっ、ふざけた男め！　しかも、それもわからないなら尚《なお》更《さら》ガキだと言われた！　あの魔《ま》女《じょ》め、王宮から閉め出してやるっ！」

怒《いか》り狂《くる》う王子に肉球をもてあそばれながら、フレッドは苦笑《くしょう》した。誰《だれ》の言い分もわかるので誰かの味方をしようとは思わないが、とりあえず王子には同情を禁じ得ない。気の毒だが、妹と王子は似すぎているのだ。気は合うだろうが恋《こい》は始まりそうにない。

と、主《あるじ》のことを悪く言われたアンジェリカが、熱心な様子で口を挟《はさ》んできた。

「恐れながら申し上げます。物静かで陰《かげ》のある若君と、危なっかしいほど元気はつらつなミレーユさま。お互《たが》いがお互いの歯止め役になれて、これほどお似合いのお二人は他《ほか》にないと思いますわ。生まれた時から傍《そば》で見てきたわたくしが申すのですから、間《ま》違《ちが》いございません」

ふんっ、とヴィルフリートは鼻を鳴らした。

「要するに、あいつは暗いだけじゃないか。あんな腰抜《こしぬ》け、ミレーユにはふさわしくないな！」

「そこがまたよいのですわ。落ち込もうと思えばどこまでも落ち込める、そんな後ろ向き体質の若君の閉《と》ざされたお心を、ミレーユさまの有無《うむ》を言わさぬ明るさで力任せにこじ開ける……。燃える展開ですわ！　光は影に、影は光に、どうしようもなく惹《ひ》かれてしまうものなのです。つまり、あのお二人の恋は運命的なものなのですわ。他の誰も入り込めないほどに――！」

「アッハッハ。アンジェリカ。殿下にとどめを刺《さ》すのはほどほどにして差し上げてね」

主を庇《かば》っているというよりは創作活動の新たなネタにしそうな勢いだったが、その熱い思いは伝わったらしい。黙り込んだヴィルフリートは、カッと目を見開くと、肉球をこれでもかと両手で蹂躙《じゅうりん》しはじめた。

「ぬおおおおおっ、くたばれえええええ!!」

「殿下……。お気持ちはわかります。というわけで、ふられ者同士、仲良くしましょうよ」

「いや、ふられてないぞ!?」

驚愕したように王子は目をむいて叫《さけ》ぶ。それから少し頬《ほお》を赤らめ、すねたような顔になってつぶやいた。

「……僕は、ミレーユが幸せになれればそれでいい。だから邪魔《じゃま》をしないだけだ」

「……殿下……っ！」

これまで数々の着ぐるみ対決をしてきた好敵手の健気《けなげ》な成長ぶりに、フレッドは感極《かんきわ》まって声を詰《つ》まらせた。

「感動です！　あの子の代わりに、ぼくがお礼のキスを捧《ささ》げたいくらいだ！」

思わず抱《だ》きついて、金色の髪《かみ》に頰をすりよせる。ぎょっとして振り向いたヴィルフリートが、間近に顔を認めて目をむいた。

「いえ、あくまでそういう気分というだけですが……、あれ？　殿下《でんか》、鼻血が」

指摘《してき》された王子は慌《あわ》てて鼻を押さえる。しかしわき上がった怒りを止められるはずもなく、鼻血をたらしながらフレッドに食ってかかった。

「きさま――っっ!!　ミレーユと同じ顔をしているからといって、僕をたぶらかそうなどと……げふぅっ、ごふごほっ」

「あらら。アンジェリカ、殿下がむせていらっしゃるので助けて差し上げてくれるかな？　それが終わったら出発するからね。あ、ぼくも着替《きが》えないと……。殿下、この着ぐるみは差し上げますから、大事に使ってくださいね。これを着てたら、うまくいけばミレーユに抱きつかれる機会もあるかもしれませんよ。かわいらしさを演出して頑張《がんば》ってくださいね」

急に忙《いそが》しそうに着替えに取りかかるフレッドに、ヴィルフリートは顔を引きつらせる。どう考えても嫌《いや》がらせとしか思えない行動に、王子は絶叫《ぜっきょう》した。

「な……、ここで脱《ぬ》ぐなあぁぁぁぁ――――!!」

おかげで湿《しめ》っぽい気持ちは吹《ふ》き飛んだものの、さらなる鼻血が噴出《ふんしゅつ》する。激しく体力を消耗《しょうもう》した彼は、それからしばらく寝台《しんだい》に引きこもることとなり、花嫁役《はなよめ》のフレッドがシアラン宮殿《きゅうでん》へ旅立つ時も見送りに出ることすらできなかったのだった。

大公の新しい花嫁のための歓迎《かんげい》式典も終わり、第五師団がイルゼオンの離宮《りきゅう》を離《はな》れる日が近づいてきた。

当面の仕事は宴《うたげ》の後片付けである。そして書記官室は、仮の部署を再び宮殿内にある本部に戻《もど》すため引っ越し作業も並行してやらねばならず、まさしく目の回るような忙しさだった。

そんな中、ラウールはある異変に気づいていた。後輩《こうはい》のミシェルの様子である。

朝に弱い自分が、騒々《そうぞう》しい起床《きしょう》係のミシェルを目の敵《かたき》にしていたのと同じように、ミシェルのほうも反抗《はんこう》心を持っているのを彼は知っていた。生意気で鼻っ柱の強い小僧《こぞう》で、なぜ自分がこんなやつの面倒《めんどう》を見なければならないのかと常に不満だった。

しかし、そのうちわかってきた。ミシェルが夜中まで速記の練習をしているらしいこと、昼休憩《きゅうけい》にも行かず自分の仕事をしていることなどが。

もちろんそれらは、ミシェルの実力が浅いことを裏付けていることになる。だが少なくとも口だけ達者な半人前ではなく、努力をしているのだと知って、少し見直した。彼はミシェルのことは嫌《きら》いだが、努力家は好きだった。

どれだけきついことを言っても、へこたれるどころか向かってくるし、どんな仕事を与《あた》えても後に退《ひ》かない。近頃《ちかごろ》では仕事上のヘマも減ってきた。

（食《く》らいついてきやがる……！）

喧嘩腰《けんかごし》の瞳を見返しながら、何度そう心の中でつぶやいたか知れない。

異変というのは、その覇気《はき》があまり見られなくなったことである。

発端《ほったん》は、あの歓迎式典の夜。靴《くつ》を取りに行くと言って戻っていったミシェルは、真夜中すぎてようやく宿舎に帰ってきた。

「しごかれるのが嫌で逃《に》げたのかと思ったぞ」

翌日、書記官室に現れた彼にそう言ってみると、

「逃げませんよ。これからもよろしくお願いします」

いやに気合いあふれる顔でしおらしいことを言い、それでいて足取りはぼんやりと自分の机に行ってしまった。

（なにか悪いものでも食ったのか？）

と最初は気にしていなかったのだが、やがてとある噂《うわさ》が耳に入ってきた。

――ミシェルはどうやら、エルミアーナ公女に叶《かな》わぬ片恋《かたこい》をしているらしい。

最初は信じられなかった。確かに公女のお気に入りとして傍に召《め》されたのは知っているし、公女が攫《さら》われた時の彼の様子は尋常《じんじょう》ではなかったが――なにしろその時、ラウールはミシェルに怒鳴《どな》られるという世にも珍《めずら》しい経験をしている――公女に片恋など、常識離《ばな》れしすぎている。

だがそう考えれば、様子がおかしいのもわかる気がしてくるのだった。

（……あいつ、やっぱり変だな）

静まりかえった書記官室で、ラウールはミシェルの後ろ姿を観察していた。

一心不乱に書類を片付けているかと思えば、思い詰めた顔をして一点をじっと見つめていたり、さぼっているのを注意しようと近くへ行くと、浮《う》かない顔のまま手だけ高速で動かしていたりする。それでいて以前より能率があがっているのは、一体どういうことなのか──。

「先輩《せんぱい》、できました」

書類の束を抱《かか》えてミシェルが傍へ来たので、ラウールはペンを走らせながらも口を開いた。

「おまえ、何か悩《なや》みでもあるのか」

「え」

「仕事に身が入っていない。支障が出たら迷惑《めいわく》だ。解決できることならとっとと済ませろ。一体何なんだ」

嫌々《いやいや》ながら──しかし一応指導官なので探《さぐ》りを入れてみると、ミシェルは感動したような顔をした。

「先輩……。ひょっとして、相談に乗ってくれるんですか……？」

「鬱陶《うっとう》しい。時間の無駄《むだ》だ。さっさと言え」

重ねて促《うなが》すが、ミシェルは顔を赤らめて何か躊躇《ためら》うように考えている。何をもじもじしているのかと怪訝《けげん》に思ったとき、ようやく思い切ったようにこちらを見た。

「確かに、先輩は物知りだし、真面目《まじめ》そうだから、ただれた経験もなさそうだし……」

「意味のわかるように物を言え。それとなよなよするな。気色悪いだろうが」

「はいっ。——あの。先輩は、酔《よ》っぱらって女の人にキスしたこととかありますか？」

ラウールの中の時間が、一瞬《いっしゅん》止まった。

これほど予想だにつかない質問は、彼のこれまでの人生において存在していなかった。

（……なん……だと……？）

この時の自分の反応を、向こう五年は忘れることはないに違いない。おそらくこれが——『度肝《どぎも》を抜《ぬ》かれる』という事態なのだ。

あまりの驚《おどろ》きに返す言葉も咄嗟《とっさ》に出てこず、愕然《がくぜん》としてミシェルを見ていると、彼は少し慌てたように付け加えた。

「いや、自分としてはもちろんめちゃくちゃ怒《おこ》ってて、復讐《ふくしゅう》する気満々なんですけど！　でも、思い出す度《たび》に頭に血がのぼっちゃって、体力も気力も削《そ》がれる一方なんです。動悸《どうき》が激しくなって、考えたくないのにそのことばっかり考えちゃって……。どうしたらいいと思います？」

期待のにじんだ目ですがりつくように見つめられ、ラウールはようやく気がついた。

（まさか……恋愛《れんあい》相談をされているのか？　この、俺が……）

それも半人前のいけすかない小僧に。貴重な仕事の時間を割《さ》いてやったというのに、様子がおかしいと思ったら、なんのことはない、恋愛ごときに思考を支配されていただけだったとは。

「……貴様……」

なまじ一瞬でも相談に乗ってやろうと思ったのが間違《まちが》いだった。ラウールは心の底から怒りがわきあがるのを感じた。

「半人前のくせして、考えていることはそれか！　女にうつつを抜かすなど百年早い！　その腐《くさ》った性根《しょうね》をたたき直してやる！」

「せ、先輩っ？」

驚いたようにミシェルが後退《あとずさ》る。ラウールは自分の隣《となり》の空き机に積んでいた書類の束をつかんだ。幸いというべきか、押しつけるべき雑用ならいくらでもある。

「暇《ひま》があるからぐだぐだ煩悩《ぼんのう》に励《はげ》むんだろうが。今すぐおまえの中から時間という概念《がいねん》を取り去ってくれるわ！」

「ちょっ、何でそんなに怒るんですか！　先輩が相談しろって言ったんでしょー！」

「おまえのそれは相談じゃない、ただのくだらんよもやま話だ！　犬か猫《ねこ》でも相手にしゃべってろ！」

「なっ……、それはひどいです！　夜も眠《ねむ》れないくらい悩んでるのに！」

「やかましい！　おまえがそんなに繊細《せんさい》なわけないだろうが！」

「どういう意味ですか⁉　失礼な！」

相変わらず喧嘩腰の二人を、周囲の書記官らはいつものことかと呆《あき》れて眺《なが》めている。と、誰《だれ》も止めずにいるため収拾《しゅうしゅう》がつかなくなったところに、突然《とつぜん》書記官室の扉《とびら》が勢いよく開いた。

「ミシェルー！」

叫《さけ》びながら飛び込んできたのが誰かわかって、中にいた者たちは仰天《ぎょうてん》した。男だらけの中にただ一人の少女というだけでも目立つのに、なんとそれはエルミアーナ公女だったのだ。

急いで立ち上がって敬礼する一同には目もくれず、彼女はまっすぐミシェルに駆《か》け寄って抱《だ》きついた。

「えっ⁉」

「わたくしを連れて逃げて！」

「このままここにいたら、閉じこめられてしまうわ。ミシェル、わたくしと駆け落ちしてちょうだい！」

「えぇっ！　ちょっ……、どういうことですか！」

公女に抱きつかれてあたふたしているミシェルに、ラウールの怒《いか》りはますます募《つの》る。

「この恋愛脳どもが……。仕事の邪魔だ、出ていけ――‼」

低くうめいた彼はミシェルの襟首《えりくび》をつかむと、問答無用で公女ごと部屋の外にたたき出した。


文字通り書記官室から引きずり出された二人は、とりあえず廊下《ろうか》の隅《すみ》に身を潜《ひそ》ませた。

第五師団の騎士《きし》らは宴《うたげ》の後片付けにかり出されている。おかげで館内は静かだったが、公女がこんなところにいるのが誰かに見つかれば、きっと大騒《おおさわ》ぎになるだろう。彼女と二人きりで話ができる絶好の機会を、そんなことで潰《つぶ》すわけにはいかない。歓迎《かんげい》式典の夜以来、エルミアーナには会わせてもらえなかったし、これからだっていつ会えるかわからない。今こそ、宝剣《ほうけん》のことで話をつける時だ。

（そしてその剣をリヒャルトより先に手に入れて、これが欲しければ跪《ひざまず》いて詫《わ》びることね！って高笑いしながら言ってやる。フフフ……泣き面《つら》を見るのが楽しみだわ……）

復讐計画が完遂《かんすい》した時のことを想像して、思わず邪悪《じゃあく》な笑《え》みを浮かべていると、エルミアーナが期待に満ちた眼差《まなざ》しで訊《たず》ねてきた。

「ねえミシェル。こちらの騎士団に白馬はいるの？」

「え……、白馬ですか？　さあ、見たことありませんけど……。どうして？」

「だって、王子様が乗るのは白馬と決まっているでしょう？　ミシェルはわたくしの王子様なのですもの、白馬に乗ってわたくしを攫ってくれないと困るわ」

「攫う、って……。もしかして、どこか行きたいところでもあるんですか？」

そう言えばさっきから、連れて逃《に》げろだの駆け落ちしてくれだのと口走っている。いつもの『恋人《こいびと》ごっこ』の一環《いっかん》かと思っていたが、ふと気になって訊ねてみると、エルミアーナはあっさりとうなずいた。

「ええ。宮殿《きゅうでん》に戻《もど》りたいの。だから白馬で連れて行ってほしいの」

「宮殿って……、な、何言ってるんですかっ、命を狙《ねら》われたばっかりなのに、戻るなんて」

公国の宝剣を持ち出した彼女が、大公の秘密親衛隊なる刺客《しかく》に襲《おそ》われたのは、つい数日前のことである。この前は運良く助かったから良かったものの、わざわざ敵の懐《ふところ》に戻ろうだなんて正気とは思えない。宮殿にいるのは、実の妹にすら刺客を差し向けるような男なのだ。

するとエルミアーナは頰《ほお》を染めて嬉《うれ》しそうにミレーユを見た。

「聞いたわ。あの時、フェリックスがあなたを呼びに行って、それであなたが駆けつけてくれたそうね。どうもありがとう」

「いいえ、フェリックスのおかげですから。でも本当、ご無事でよかったです」

あの夜、彼女の飼《か》い猫であるフェリックスの様子を妙《みょう》だと思い、あとをつけてみたところにエルミアーナと賊《ぞく》がいた。もし猫がいなかったらどうなっていたかわからないと思うと、やはり一番の功労者は彼だろう。

今日はどこかで昼寝《ひるね》でもしてるのかしらと、同行していないフェリックスのことを思っていると、エルミアーナが急に頰を赤らめてもじもじし始めた。

「あ、あの、それからね、ミシェル。あの時、あなたが女装していたのを見たわ。……ごめんなさい、とっても似合ってるって思ってしまったの。あっ、でも、男の子の恰好《かっこう》のほうが素敵《すてき》よ、もちろん！」

力強く言ってから、ふっと夢見る眼差しで胸に手を当て、目を伏《ふ》せる。

「女装なんてつらかったでしょうに……。王子様は、姫《ひめ》が危ない時にはどんな手を使ってでも必ず駆けつけてくれるものなのね。わたくし、愛されていることを実感してしまったわ」

「え」

女装と彼女を救出に行ったことは無関係だったが、ときめいているようなので水を差すのも無粋《ぶすい》だと思い、黙《だま》っていることにする。それよりも今日は他《ほか》に聞きたいことがあったのだ。

「あの、エルミアーナさま。——宝剣を持って、アルテマリスから来た花嫁に会いにこられたって、本当なんですか？」

ずっとこのことを聞いてみたかった。なにしろアルテマリスから来た花嫁というのは他ならぬ自分のことなのだ。緊張《きんちょう》して少し声が強《こわ》ばってしまったが、エルミアーナは気づかなかったようで、こくりとうなずいた。

「ええ。本当よ。でもね、花嫁はもう、大公宮殿に向かわれたそうなの。だからわたくしも宮殿へ戻って、今からでも説得しようと思っているの。お兄様との結婚《けっこん》は諦《あきら》めてくださいって」

ミレーユは驚《おどろ》いて彼女を見つめた。宮殿へ戻るなんて信じられないと思っていたら、なんと花嫁を追いかけていくつもりだったらしい。

だが宮殿へ行った花嫁はフレッドであり、最初から大公と結婚する気などないのだから、説得にいく必要はない。何より彼女が会いたがっている『ミレーユ』は、今彼女の目の前にいる。ここで素姓《すじょう》を明かせば問題はすべて解決するのだ。

（もうためらってる余裕《よゆう》なんかないわ。エルミアーナさまの命がかかってることなんだし、こっちも思い切って打ち明けよう）

ミレーユはごくりと喉《のど》を鳴らすと、急いで周囲を見回した。宿舎の廊下は静まりかえっている。誰もこないのを確認《かくにん》し、エルミアーナを促《うなが》してさらに奥へと向かった。階段の下の物置場は公女を招待するには不適切な薄暗《うすぐら》さだったが、密談にはもってこいの場所だった。

「——エルミアーナさま。実は、大事なお話があるんです」

あらたまった顔で切り出すと、エルミアーナは目を見開き、驚いた顔で口元を覆《おお》った。

「ミシェル……。わたくし、もしかして、これからあなたにキスされるの？」

「……は？」

「殿方《とのがた》に暗がりへ連れ込まれたら覚悟《かくご》するようにって、この前読んだ本に書いてあったわ……。いいわ。ミシェルが望むのなら、わたくしは構わない……」

ミレーユは目をむいた。胸の前で手を組んだエルミアーナがそっと瞼《まぶた》を閉じるのを見て、さらに動転する。覚悟を決めるのが早すぎではないだろうか。

「ちょっ……、ち、違いますよ、目を瞑《つぶ》らないでください！　ていうかそうなんですか⁉　暗がりに連れ込まれたらって、そんな……」

先日、思い切り真っ暗な部屋に男性と二人きりで入ってしまったことを思い出し、ショックのあまりふらりと壁《かべ》によりかかる。そんな法則があったなんて初耳だ。知っていればもっと明るいところへリヒャルトを連れて行ったのに——。

「まあ、違うの？　じゃあ何かしら、大事なお話って」

不思議そうなエルミアーナの声に、ミレーユは額をぬぐって息を整えた。女の子に迫《せま》られて動揺《どうよう》している場合ではない。

「誰にも内緒《ないしょ》にするって、約束していただけますか？　侍女《じじょ》たちにも、第五師団のみんなにも」

「あら。二人だけの秘密ね？　いいわ、守ってあげる」

エルミアーナが嬉しそうな顔でうなずいたので、ミレーユは少し申し訳ないような思いを抱《かか》えて続けた。

「……実はわたし、今までエルミアーナさまに嘘《うそ》をついていたんです。ごめんなさい」

「わたくしに、嘘を？」

「はい。わたし、本当はミシェルっていう名前じゃないんです。それと……本当は男じゃなくて……女なんです」

声をひそめた告白に、公女は目を丸くする。ミレーユは思い切って言葉を継《つ》いだ。

「あたしがミレーユなんです。エルミアーナさま」

随分《ずいぶん》小さな声になってしまったが、すぐ傍《そば》にいる彼女には確実に届いたはずだった。

よほど驚いたのかそれきり黙り込んでしまった彼女は、ぽかんとしてミレーユを見つめていたが、やがてはっと息を呑《の》んだ。

「ミシェル……。あなた、まさか……！」

「はい……。そうなんです。それで、宝剣を譲《ゆず》っていただけないかって――」

「あなたの秘密の恋《こい》のお相手が、ミレーユさまだったというわけね!?」

大発見をしたかのように瞳《ひとみ》をきらめかせて詰《つ》め寄られ、ミレーユは一瞬《いっしゅん》面食《めんく》らった。

「え？　いやっ、違います！　そうじゃなくて――」

「そうだったの……。道理であんなに切ない顔をしていると思ったわ。辛《つら》いわね、ミシェル。他の殿方に嫁《とつ》ぐ姫に恋するなんて……」

何を勘違《かんちが》いしたのかうっすら涙《なみだ》ぐんでさえいるので、ミレーユは慌《あわ》てて彼女の肩《かた》に触《ふ》れた。

『ミシェル』も『ミレーユ』もここにいる自分なのだ。一人二役で恋したり恋されたりなんて、フレッドじゃあるまいしそんな器用な真似《まね》ができるわけがない。

「そうじゃないんです！　だからミシェルじゃなくて――」

「報《むく》われない恋に焦《こ》がれるあまり、自分を女の子だと言い出すなんて……。ほんとうに可哀相《かわいそう》だわ！　でも、しっかりしてちょうだい。あなたはどこからどう見ても、れっきとした殿方よ。自分を見失ってはだめ」

「じゃなくて、あたしがミレ――」

「あーっ！　団長、副長！　公女殿下《でんか》、発見いたしました！」

突然《とつぜん》、頓狂《とんきょう》な声が割り込んだ。

そんなにも自分には女としての色気が足りないのだろうかと若干《じゃっかん》落ち込みつつも、焦《じ》れてきて叫《さけ》ぼうとしたミレーユは、ぎくりとして振《ふ》り返った。顔なじみの騎士《きし》が数人、廊下《ろうか》をこちらへやってくるのを見て顔が引きつる。

(うげ……、なんでこんな時にっ！)

彼の叫びに、さらに人が集まってくる。団長と副長の姿まであるのに気づき、絶望的な気分になった。これではもう、密談を続けるのは不可能だ。

「ああ……見つかってしまったわ。ミシェル、わたくしたち、また引き離《はな》されてしまうわ」

エルミアーナは悲しげにミレーユの袖《そで》にとりすがる。団長と副長がやってきたのを見てミレーユも思わず身構えた。

「こら！　仕事もせずにこんなところで逢《あ》い引《び》きなどして。成人以下の隊士が宿舎で桃色《ももいろ》なことに励《はげ》むのは禁止なんだぞ！」

「成人でも禁止です」

寄《よ》り添《そ》う二人に向かって自分の拳《こぶし》にはあっと息を吹《ふ》きかけるジャックに、イゼルスは冷たく訂正《ていせい》してからエルミアーナを見て続けた。

「公女殿下。お部屋をお移りいただくのは、閉じこめるためではありません。殿下の安全を確保するためです。すぐにお戻《もど》り下さい」

「心配しましたぞ、急にいなくなってしまわれて。お一人で出歩かれて、また悪者に捕《つか》まったらどうするのです。このイゼルスは、顔は怖《こわ》いが悪い人間ではありません。ご安心ください」

「私のことがご不満なら、他の者を傍付きにいたします」

「なんならこのジャック・ヴィレンスめが謹《つつし》んでお仕えいたしますぞ」

事務的で冷静なイゼルスも、相変わらず陽気なジャックも、声の調子はどうあれ公女をなだめようとしているらしい。自分に矛先《ほこさき》が向かないのをいいことに、ミレーユはひそかに二人を観察した。

（閉じこめられるって、そういうことか……。それでエルミアーナさまは宮殿に行くために逃《に》げ出してこられて、団長たちは捜《さが》してたってところかしら。でも確かに、大公に命を狙《ねら》われている以上、本格的にエルミアーナさまの身を守らなきゃいけないものね。そうしようとしてるってことは、やっぱり団長や副長は反大公派？　大公に逆らってるとしか思えないし……）

確信は持てないものの、少しほっとする。彼女の身が危ないと思いながらも、別の場所に移して護衛しようなんてことは自分には思いつけなかったことだ。それを速《すみ》やかに実行しようとしている人がいるのだから、その点は心強い。

「だったら、ミシェルがいいわ。そうしたらいつでも波打ち際《ぎわ》ごっこができるし、怪盗《かいとう》ごっこの時には『きみの心を盗《ぬす》みにきたよ』って言ってもらえるもの。いいでしょう、ミシェル？」

「え？　ええ、わたしでよければ、もちろん！」

さっきの話の続きもできるし、願ってもない指名だ。勢い込んでうなずくが、冷ややかな声が割り込む。

「彼はいけません。殿下の騎士となるには能力が著《いちじる》しく欠けています」

「うぐっ……」

容赦《ようしゃ》ない副長の一言がぐさりと心に突《つ》き刺《さ》さる。しかし考えてみればそれは真実で、もし刺《し》客《かく》が現れたとしても剣《けん》もまともに使えない自分が彼女を守れるかは甚《はなは》だ疑問だ。彼女の安全を思えば、ここは腕《うで》が立つ人に任せたほうがいいだろう。そう思い直し、彼女に向き直った。

「……エルミアーナさま。すぐにはお傍に行けませんけど、ご用がおありの時はいつでも駆《か》けつけますから。だから今は安全なところにいてくださいませんか？　どこかに行くなんて考えないで……」

暗に「宮殿には戻るな」という意味をこめて、しっかり目を見つめて言い聞かせると、エルミアーナは多少がっかりしたようだったがうなずいてくれた。

「わかったわ……。ミシェルがそこまで言うのなら。おとなしく待っているから、会いに来てちょうだいね」

どうやら言いたいことは伝わったらしい。ミレーユはほっとして笑《え》みをこぼした。

団長に連れられていく彼女を見送りながら、話の続きはいつ持ちかけようかと思いをめぐらせる。そのせいか、自分に向けられている副長の視線に最後まで気づくことはなかった。


「――殿下は、随分とミシェルのことがお気に入りのようですな」

ようやく捕獲《ほかく》した公女を部屋へと送りながら、ジャックはさりげなく探《さぐ》りを入れてみた。若くて多少見目の良い騎士とはいえ、それだけで公女が入れ込むのが少し不思議だったのだ。

「ええ。王子様ですもの。当然だわ」

「どのあたりがそんなにお気に召《め》しておられるので？」

無邪気《むじゃき》に答えたエルミアーナは、小首を傾《かし》げて軽く考え込んだ。

「そうね……。わたくしの気持ちをわかってくれるから、かしら」

「ほう？　どういったことです？」

「わたくしの恋人《こいびと》ごっこ計画に、文句を言わずにつきあってくれるの。そういうとき、ミシェルも楽しそうにしているのよ。きっと乙女《おとめ》の気持ちがわかるんだわ。れっきとした殿方なのに、素晴《すば》らしいことだと思うわ」

「ふむ。そんな一面があるのですか。彼は私の部下の中でも男気にあふれる一人ですが、意外ですなあ」

宮殿《きゅうでん》にて公女の王子様ごっこにつきあうはめになった若い貴族たちは、そろって辟易《へきえき》としていたものだが。ミシェルは根気強い性格らしい。しかも女心をしっかりつかんでいるとは、なかなか侮《あなど》れない。

「では、先程《さきほど》もそんな遊びをなさっていたのですか。どんなお話をされたのです？」

その問いに、公女はふと黙《だま》り込んだ。何か思い出すように指を唇《くちびる》に当てて考え込んでいたが、やがて悩《なや》ましげにため息をついた。

「……わからないわ。でも、あなたには内緒《ないしょ》。二人だけの秘密ですもの」

「それはそれは。お熱いですなあ、殿下」

思ったより口が堅《かた》い公女にジャックは苦笑《くしょう》し、それからミシェルに思いを馳《は》せた。

(あいつめ。殿下をここまで骨抜《ほねぬ》きにするとは、一体どんなすごい話術を持っているんだ？)

そんな点でも彼のことが気になりだしたジャックだった。


ミレーユが副長らとともに去っていったのち。

ひそかに離れたところで見守っていたロジオンは、剣の柄《つか》を握《にぎ》る力をゆるめた。

急に素姓《すじょう》を公女に告白し始めた時はどうなることかと思ったが、うまくうやむやになったようだ。見ていた限り、副長らが登場するまで誰《だれ》もあの場には近づかなかったし、公女さえ口をつぐんでいれば秘密は守られるだろう。

「——おいおい。あいつ、こんなところにいたのかよ……」

突然頭上で声が聞こえ、ロジオンははっと気を尖《とが》らせた。

身構えると同時に上から人が降ってくる。目の前に降り立った男を見て、ロジオンは再び柄を握る手に力をこめた。

階段の手すりを乗り越《こ》えて軽々と踊《おど》り場《ば》から飛び降りてきた男——ミレーユにつきまとっていた黒髪《くろかみ》の神官が、皮肉げな笑みを浮《う》かべて口を開く。

「少しは殺気を抑《おさ》えろよ。護衛官殿《どの》」

「……あの方に近づく狼藉者《ろうぜきもの》はすべて排除《はいじょ》せよと、命令を受けている」

剣を抜《ぬ》きながらロジオンは敵意も露《あら》わに低く言い放つ。廊下の暗がりに、かすかに金属のこすれる冷ややかな音が響《ひび》いたが、相手は動じるどころかふてぶてしい態度で応じた。

「用があるのはあいつじゃない。おたくのお坊《ぼっ》ちゃまのほうだ」

「……？」

「神官長に会いたがってんだろ？　俺が案内役だ。お坊ちゃまに取り次いでくれるかい」

思いがけない申し出に、ロジオンは眉《まゆ》をひそめて相手を見つめた。

第二章　綱渡りの密会

弟王子から届いた手紙を読み終えると、ジークはつまらなそうに感想を述べた。

「相変わらずの乱筆だな……。目が疲《つか》れる」

家出すると宣言してヴィルフリートが王宮を出ていってから、もう一ヶ月が経《た》つ。もちろん、王子たる者が気安く王宮を出られるはずもなく、ましてや別人になりすまして非同盟国に入るなど非常識の極《きわ》みであるのだが、自分の知ったことかとばかりに家出を決行してしまった。そして、自身の領地であるイルムワルドの城で病気療養《りようよう》中だという苦しすぎる不在理由を考えてやったジークは、弟が毎日送ってくる手紙を午後の茶会の席で読むのが日課となっている。

そんな兄の茶会に今日も招かれたセシリアは、真向かいの席で黙ってお茶を飲んでいた。

ずっと傍《そば》に仕えてくれていたリヒャルトが故郷のシアランに帰り、騎士《きし》団長のフレッドもそれを追って王宮を後にしたため、セシリアはジークの好意で王太子宮である紅薔薇《べにばら》の宮で暮らしている。ほぼ毎日茶会に招いてくれるのは、気を遣《つか》ってくれているのも多々あるだろうが、そうすれば彼の婚約《こんやく》者であるリディエンヌも同席するとわかっているからだろう。彼女が会いにきてくれるので、セシリアも寂《さび》しい思いをあまり感じずに済んでいた。

「皆《みな》さまはお元気でしょうか。何か進展はあったと書いてありますか？」

気になりつつも訊《き》けずにいるセシリアの代わりに、リディエンヌが訊《たず》ねてくれる。ジークは便箋《びんせん》を放《ほう》るようにテーブルに戻した。

「いまだにリヒャルトはミレーユをものにしていないらしい。腑甲斐《ふがい》ない男だ。次に会った時には『甲斐性《かいしょう》なし』の称号《しょうごう》を贈《おく》ってやるとしよう」

「そうおっしゃっては……。リヒャルトさまも、お国のことで大変なのでしょう」

「しかし、あまり長引くとますます意固地になるぞ。あの男は」

いつも悠然《ゆうぜん》としているのに、今のジークは少し不機嫌《ふきげん》なようだ。それでなくとも、王太子という身分である年の離《はな》れた義理の兄に普段《ふだん》から引け腰《ごし》のセシリアだったが、思い切って訊いてみることにした。

「殿下《でんか》は、……あの人のことがお嫌《きら》いなのですか？」

思えば二人はよく言い争いをしていた気がする。王太子のお呼びがかかったリヒャルトが、憂鬱《ゆううつ》そうな顔をしていたのを見たこともある。仲が悪いのだろうかとずっと気になっていた。

ふっ、とジークは意地悪そうな顔で鼻を鳴らした。

「きみの兄は、真面目《まじめ》一辺倒《いっぺんとう》で面白味《おもしろ》のかけらもない男だったが……。ミレーユと一緒《いっしょ》にいる時だけは、大変愉快《ゆかい》な反応をしていたと思わないか？」

「……？」

まったく答えになっていない気がしてセシリアが困惑《こんわく》していると、リディエンヌが微笑《ほほえ》んで口を開いた。

「セシリアさま。殿下はさみしがりやさんでいらっしゃるので、本当はリヒャルトさまのことが大好きでいらしたのに、いつもすげなくされていたため、むくれていらっしゃるのです」

「まあ……」

そんな隠《かく》された秘密があったとは。驚《おどろ》いてジークを見つめるが、彼は否定も肯定《こうてい》もせず、何も聞こえなかったように茶を飲んでいる。

(もっと冷たい方だと思っていたわ……)

少しだけ心が躍《おど》った。不仲疑惑《ぎわく》を心配していたが、ジークとリヒャルトが一緒にいるところを見ているのが実は密《ひそ》かに好きだったから。──ついでに言うなら、そこにフレッドも加わるとなお良いのだが、それは少し理由が違うので今は横に置いておく。

「それで、あの二人がうまくいくよう願っていらっしゃるのですね……」

「ああ、そうだ。早くまとまってくれないと困る。シアランの問題が片付かないうちは、私たちの結婚《けっこん》式も延び延びになったままだ。なあ、リディ」

ジークは隣《となり》に座ったリディエンヌの手をとって視線を向けたが、彼女は空いたほうの手を頬《ほお》にあててため息をついた。

「そんなことより。わたくしはミレーユさまや皆さまのことが心配です」

「……」

「殿下、本当によろしかったのですか。リヒャルトさまやフレデリックさまはともかく、ミレーユさまにとっては過酷《かこく》な旅路のはずです。ミレーユさまのお父君は、心労で寝込《ね》んでおいでだとうかがっています。やはりお止めするべきでしたわ。リヒャルトさまのご希望通り、匿《かくま》ってさしあげたほうが――」

「リディ……。私はまだ、リヒャルトがミレーユを求めることを諦《あきら》めていない」

『そんなこと』扱《あつか》いされたショックから立ち直ったジークが、優雅《ゆうが》さを取り戻《もど》して遮《さえぎ》る。

自信に満ちた翠《みどり》の瞳《ひとみ》で、彼はセシリアを見つめて微笑んだ。

「フレデリックほどではないが……私も賭《か》け事《ごと》は強いほうだよ」


公女の失踪《しっそう》を手助けした疑いをかけられたミレーユは、罰《ばつ》として奉仕《ほうし》活動に精を出していた。

「……けど、なんでこんなに衣装があるんですか？」

師団長室と扉《とびら》続きになった小部屋には、衣装棚《だな》からあふれた衣服が所狭《ところせま》しと脱《ぬ》ぎ散らかされている。寝間《ねま》着や制服だけでなく、貴族の男女の正装や、芸人でも着ないのではというような派手な衣装まで様々だ。ミレーユはイゼルスと二人、それを一枚一枚地道にかたづけているのだった。

「団長の趣味《しゅみ》だ。何かあるたびに衣装を替《か》えて演出するのがお好きらしい。おまえたちも任務にかこつけて服を替えさせられただろう。歓迎《かんげい》式典の時に」

「ああ、あれって団長の私物だったんですか。でもどうして副長が整理を？」

淡々《たんたん》と服をたたみながら、イゼルスは顔もあげずに答えた。

「団長がやらないからだ」

確かに、当の団長は夕食を終えるなり酒盛りに出かけてしまった。それがなくてもこういう整頓《せいとん》は苦手そうな人だ。それとは逆に副長は整理整頓にはうるさそうな感じに見える。

「そういえば、団長と副長って昔から仲良いんですよね？」

そう考えるとうまい組み合わせなのかもしれない。以前アレックスに聞いた話を思い出し、少し興味をひかれて訊ねてみると、イゼルスは少し沈黙《ちんもく》し、目線を落としたまま答えた。

「そんなことまで気になるのか」

「あ……、すみません。ただの世間話です……」

何だか怒《おこ》られたような気がして、ミレーユは慌《あわ》てて謝った。誘《さそ》わなくても輪に加わってくる団長と違い、彼の前では無駄《むだ》話という言葉自体が罪なのではという気がしてくる。

「――腐《くさ》れ縁《えん》のようなものだな。十年来のつきあいになる。士官学校の先輩《せんぱい》だ」

「へ、へえ、そうなんですか」

表情を変えないままイゼルスが言ったので、少し驚いて相づちを打った。まさか世間話に乗ってくるとは思わなかったのだ。あまりに意外だったので、その後の話が続かず、どうしようかと思っていたら今度は彼から質問してきた。

「この前は、厨房《ちゅうぼう》で何を暴れていたんだ」

「えっ。――ああ、パンを作ってたんです。ほら、これ」

ここへ来る前、厨房に寄って、焼いてもらったパンを引き取ってきた。ミレーユにとっては美味《おい》しい普通《ふつう》のパンだが、他《ほか》の人にとっては違うらしい。危害を加えないうちに手元に置いておかねばならない代物《しろもの》だ。

「パン……？」

訝《いぶか》しげにつぶやいて、イゼルスはミレーユの差し出した紙袋《かみぶくろ》を見つめた。何にそんなに興味を引かれたのか、中身を開けてのぞきこむ。

「……リゼランド風のパンだな」

鋭《するど》い一言に、ミレーユは内心ぎくりとした。わかる人はわかるだろうが、シアランで普通に暮らしていれば気づかないはずだ。だから油断していた。

（なんでわかったんだろ……。パンの食べ歩きが趣味とか？）

冷や汗《あせ》を浮《う》かべて彼を見つめていると、隣の師団長室に続く扉が勢いよく開いた。

「うお！　いたいた！　いたぞぉ！」

突入《とつにゅう》してきた酔《よ》っぱらいはジャックである。椅子《いす》に座って服をたたんでいた副長に突進《とっしん》して肩《かた》を組んだ。

「まだ仕事してんのか！　要領悪いなあ、おまえは」

「団長の雑用ですが」

いつも通りの冷たい態度でイゼルスがジャックをあしらっていると、団長に続いてテオと舎《しゃ》弟《てい》たちが入ってきた。

「アニキさん、捜《さが》しましたよ！」

「いやー、アニキの先日の武勇伝、まだじっくり聞かせてもらってなかったもんで。おっさんが上等の酒持ってるっつうから、それを肴《さかな》に飲み明かしてぇなーとか思いまして！」

「こらー！　団長様をおっさん呼ばわりするやつがあるかー！　わひゃひゃひゃひゃ」

一応抗議《こうぎ》しているものの、ジャックは大分できあがっているようでまるで迫力《はくりょく》がない。

「あ、でもまだここの片付け、終わってないから」

「もういい。騒々《そうぞう》しいから連れて行ってくれ」

慌てて断ろうとするミレーユを、イゼルスは軽くため息をついて制した。それから思い出したように部屋の隅《すみ》に行き、小さな棚《たな》から紙包みを持ってくる。

「報酬《ほうしゅう》代わりにこれを。菓子《かし》が好きだっただろう」

「えっ……、わあ、ありがとうございます！」

奉仕だったはずなのに、まさか服をたたむだけの雑用でこんな素晴《すば》らしいものがもらえるとは。しかも相手はあの副長で、好物を覚えていたなんてとあらゆる驚きが押し寄せる。

包み紙をよく見ると、下町にいた頃《ころ》よく食べた焼《や》き菓子の店のものだ。懐《なつ》かしくなって思わず顔がほころんだ。

はた、と視線を感じてそちらを見ると、イゼルスがじっと見つめている。目が合った彼はすぐ傍《そば》の紙袋に目線を流した。

「パンも忘れるなよ。せっかく作ったんだろう」

「え！　アニキの手作りパン⁉」

「あーっ、いいから、もう行こう」

途端《とたん》食いつかれて、ミレーユは急いでそれを回収した。変に興味を持たれて口に入れられでもしたら大変だ。

部屋を出る時、また視線を感じたような気がして振《ふ》り向いたが、イゼルスは冷静な顔をして服をたたんでいるだけだった。


二階と違って三階は薄暗《うすぐら》い。

物置部屋へ入ると、扉を閉めて燭台《しょくだい》を机に置く。自分の影《かげ》がゆらりと壁《かべ》に踊《おど》った。

「はぁ……」

紙袋を置いて、思わずため息をついた。酒盛りの前に、パンを部屋に置いてくると言って抜《ぬ》けてきたのだ。またすぐに戻らねばならないが、その前に副長からもらった焼き菓子で一息入れることにする。

ふと思いついて、お腹《なか》に挟《はさ》んでいる復讐《ふくしゅう》帳を取り出した。リヒャルトより先に重要情報をつかみ、乙女《おとめ》の底力を思い知らせてやる。それが今の一番の目標だ。

（リヒャルトをぎゃふんと言わせるためなら、なんだってやってやるわ。今までのあたしと同じだと思ってたら痛い目見るわよ。何言われたって、どんなことされたって、絶対やめないんだから！）

熱く決意をたぎらせながら、かじりかけの菓子を口に押し込む。だが一つだけ困ったことがあるのを思い出した。

（けど、今どこにいるんだろ……？　肝心《かんじん》の復讐相手がいないと、意味ないじゃない）

ううむ、と考え込むが、ここで悩《なや》んでいても仕方がない。とりあえず酒盛りに行こうと部屋を出ようとして――そこでようやく異変に気づいた。

室内には現在、寝台《しんだい》と机、椅子くらいしか物は置いていない。あとは壁際《かべぎわ》にある元掃除《そうじ》道具入れだったクローゼットだ。狭《せま》い場所だから、何か変わったものがあればすぐにわかる。

それなのに今まで気づかなかった。部屋の中――背後に、自分以外の気配があることに。

（誰《だれ》……!?）

今までこの部屋を誰かが訪ねてきたことはない。寝《ね》る時は鍵《かぎ》をかけ、机と椅子で障害壁《へき》を作っているのだが、今は油断していた。

（敵？　それとも、あたしの正体に気づいた誰かが……!?）

血の気の引く思いで振り返ろうとすると、部屋の中で気配がすばやく動いた。自分の真後ろに来たことに気づき、ミレーユは顔を引きつらせた。

「きゃ……」

叫《さけ》びかけた口を大きな手にふさがれる。そのまま後ろから抱《だ》きしめられて、身動きがとれなくなってしまった。あざやかな手口――こういう拘束術《こうそく》に慣れた者のようだった。

一瞬出遅《いっしゅんでおく》れてしまったミレーユだが、このまま好きにさせるかとばかりに、必死に身をよじって暴れた。椅子をひっくり返して大きな音を立てようと、なんとか足をのばそうと試みる。

だが相手もそれに気づいたらしく、ぐいっと身体《からだ》を後ろへ引き寄せられた。

「――暴れないで」

ひそやかな声が耳元に落ちてきて、ミレーユはぴたりと動きを止めた。

「騒《さわ》がないでください。人が来るとまずい」

落ち着き払《はら》ったその声に、思わず耳を疑った。こんなところにいるはずのない人の声だ。なぜならここはシアラン騎士《きし》団の宿舎で、彼は現在、騎士団とは敵対する側の人なのだから。

（あ。空耳？）

あまりにも現実が受け入れがたかったため、そんなことを思って納得《なっとく》しようとしているミレーユの耳に、とても空耳とは思えない懐かしい響《ひび》きが聞こえてくる。

「大きな声を出さないと約束してくれたら、手を離《はな》します。守ってくれますね？」

「……」

催眠術《さいみん》にでもかかったように、ミレーユはこくりとうなずいた。

口を覆《おお》っていた手が離れ、抱きしめていた腕がするりとほどける。壁に映った自分の影が、一つから二つに分かれたのを見て、おそるおそる振り向いた。

燭台の明かりに仄《ほの》明るく照らされた部屋の中、そこにいたのはマントを羽織った長身の青年

――リヒャルトだった。

そうだと確認《かくにん》した途端、自分でも異常じゃないかと思うくらいに胸が騒ぎだす。頬《ほお》は音を立てそうな勢いで熱くなり、うろたえるあまり頭の中がかきまぜられるような感覚に陥《おちい》った。

彼は外をうかがうように扉《とびら》のほうに目線を向けている。冷静な横顔は、間違《まちが》いなく本物のリヒャルトだ。どこにいるかわからないどころか、こんなところに潜《ひそ》んでいたなんて。

ふっと彼が目線を戻《もど》し、互《たが》いの目が合った。ミレーユはびくっとして思わず後退《あとずさ》ったが、リヒャルトは何の反応もなく、表情も変えずにこちらを見ている。動揺《どうよう》の欠片《かけら》もない態度だ。

(え……なんでそんなに平気そうなの……?)

あの夜の出来事は自分にとっては人生の一大事だったというのに、まさか彼にとってはどうでもいいようなことだったのだろうかと呆然《ぼうぜん》としていると、彼がおもむろに口を開いた。

「フレッドたちのところに戻ったんじゃなかったんですか? ヴィルフリート殿下《でんか》はこのままアルテマリスにお戻りになるのに、どうしてまだここにいるんです?」

「……」

声は静かなのに、眼差《まなざ》しは強い。いつもなら怯《ひる》むところだが、今のミレーユはそれどころではなかった。

(いきなり、お説教……? ていうか、この前のこと、なかったことにされてる……?)

そうとしか思えない。今も顔を見ただけでどうしようもなく動揺している自分と比べて、あまりにも平然としすぎている。もしや彼はこういう事態に慣れているのだろうか。

「どうして、ですって……?」

信じられない——と百回ほど心の中でうめいてから、ミレーユは顔を上げた。

そもそも、なぜまだここにいるのかと説教する前に、言うべきことがあるのではないのか?

「……っあなたに文句を言うために決まってるでしょうが————!!」

ショックも動揺も突《つ》き抜けて、猛烈《もうれつ》に頭にきた。ミレーユはバッと服の中に手を入れると、お腹に挟んで常に持ち歩いていた封書《ふうしょ》をつかみ出した。

「ふんッ!!」

「……!?」

いきなりそれを投げつけられ、表に『果たし状』と書いてあるのに気づいて、リヒャルトが少しだけ驚《おどろ》いた顔をする。かまわず、ミレーユは刺々《とげとげ》しく切り出した。

「——この前は、よくもやってくれたわね」

は、と怪訝《けげん》そうにリヒャルトが眉根《まゆね》を寄せる。とぼけるつもりかと、それをにらみつけた。

「忘れたとは言わせないわよ。無理やり押さえつけてキスしたこと!」

ずばり追及《ついきゅう》すると、相手は若干《じゃっかん》怯んだような顔をした。ここぞとばかりにミレーユは言いつのる。

「しかもやるだけやったらさっさと帰っちゃうってどういうこと!? そういうの、やり逃《に》げって言うのよ!」

「やり……」

リヒャルトは愕然《がくぜん》と絶句した。生まれて初めてそんなことを言われたという顔で、そのまま固まってしまった。

「暗くてわかんないからって、許可もなくあんなことするなんて最低！　それも二回もするなんて信じらんない！」

ぐ、と詰《つ》まったようにリヒャルトの表情が動いたのを見て、ようやく自分の悪事を思い出しやがったのかとミレーユは追及を重ねた。

「壁で頭は打つし、手首は押さえられて痛いし、なんで初めてなのにあんな痛い思いしなきゃならないの⁉　やめてって言ってるのにやめないし！　どうせならもっとゆっくり労《いたわ》ってやりなさいよ！　もうっ、ばかっ！」

言っているうちに思い出してきて、顔が熱くなるのがわかった。だが相手の顔にも徐々《じょじょ》に動揺が見え始めている。言うべきことは全部言わねばと思い、頑張《がんば》って続けることにする。

「しかも二回目のはすっごい長かった！　あんなに長くなるんなら事前に言ってよ！　二分も口をふさがれたら、普通《ふつう》、人間って死ぬのよ。あたしを殺すつもりだったわけ⁉」

その言葉に、それまで罵声《ばせい》を浴びせられるまま甘んじていたリヒャルトが初めて反論した。

「二分は言い過ぎです。……せいぜい三十秒くらいしか」

「しかって何⁉　充分《じゆうぶん》長いわよ！　窒息《ちっそく》したらどうしてくれるのよっ。ていうかあの後、軽く呼吸困難でぼーっとなったわよ実際！　その隙《すき》にあなたはさっさと逃げてるしっ。騎士のくせして、そんな遊び人みたいなことやっていいわけ⁉　あなたがそんな人だったなんて思わなかったわ！」

ねちねちと詳細《しょうさい》に当時のことを責められ、リヒャルトは最初の冷静さをすっかり奪《うば》われてしまったらしい。決まり悪そうな顔になって目をそらし、拳《こぶし》を軽く眉間《みけん》に当てて弁明した。

「……仕方ないでしょう。自制がきかなくて……止まらなかったんですから」

「なっ……、し、仕方ないって何なの、全然仕方なくないわよ！」

「あの状況《じょうきょう》であんなことを言われれば、誰だって理性が飛びますよ」

「何よその、あたしのせいみたいな言い方！」

「あなたは煽《あお》るようなことを言うのが上手《うま》いんですよ。しかも自分じゃ一切《いっさい》気づいてないからたちが悪い」

「なんですってぇぇぇぇ！」

煽るも何も、自分は素直《すなお》に気持ちを言っただけなのに、なぜそんなふうに思われなければならないのか。ますます頭に血が上り、ミレーユは両手の指の関節をバキバキと鳴らした。

「こういう時に開き直る男は、全力でしばき倒《たお》せってシェリーおばさんが言ってたわ」

「誰です、シェリーさんって」

「ママの親友で、あたしの恋愛《れんあい》の師匠《ししょう》よ！」

思えば師匠にはたくさんのことを学んだものだが、あまり現実に役立ったことはない。それはともかくとして、くっとミレーユは拳を握《にぎ》りしめた。

「あたしにだってねえ、いろいろ夢があったのよ。お花畑の中とか、夕日の沈《しず》む海辺とか、もっとそういう乙女《おとめ》の浪漫《ろまん》あふれる場所でしたかったわ。あんな真っ暗なところなんかでしたくなかった！」

それも悔《くや》しかったが、何より彼が一切反省していない様子なのが腹立たしくて仕方ない。自分一人が空回りしているようで、それもまた腹が立つ。そうして力一杯《ちからいっぱい》腹を立てているのに、彼を目の前にして、鼓動《こどう》が別の意味で速くなっていくのを止められないことにもだ。

どうやって暴れてやろうかと考えをめぐらせていると、黙っていたリヒャルトが口を開いた。

「お花畑に夕日の海辺ですか……。希望に添《そ》えず、申し訳ないことをしましたね」

「今さら謝ったって遅《おそ》いわよ。失ったものは取り戻せないんだから」

「そんなことはない。やり直しはききますよ、今からでも」

「え……」

ミレーユは戸惑《とまど》って目線を戻した。リヒャルトの態度が急に変わったような気がしたからだ。散々に責められて冷静さを引きはがされたはずが、またその仮面をつけてしまったような。

「それで――、お花畑や海辺で、どういうふうにしてほしかったんですか？」

コツ、と靴音《くつおと》が響く。開いていた距離《きょり》を縮めようと彼が迫《せま》ってくるのに気づき、ミレーユは思わず後退った。急に予想外の態度に出られて、瞬《また》く間に全身を動揺が包む。

「そ、そんなこと、あなたに関係ないでしょ、別に」

「言ってください。気になります」

「なんで気になるのっ」

「今度はあなたの希望に添えるよう、参考にしたいから」

「はあっ？　こ、今度なんかないわよ、ふざけないで！」

「ふざけてませんよ」

とうとう背後の壁《かべ》に当たって、それ以上後ろへ退けなくなった。こちらが引いた分だけ迫ってきたリヒャルトが、ミレーユを腕《うで》の間に閉じこめるように後ろの壁に手をつく。

「本気です」

あっという間に形勢逆転されて、ミレーユは動転した。これではまるであの夜と同じだ。間近で見下ろしてくるリヒャルトの顔は、あの時と違って明かりに照らされている。だが表情は見えているのに、一体何を考えているのかまったく読めない。

意地悪をして楽しんでいるのだろうか？　この前のことを謝るどころか、そんなに平気そうな顔をしてこんなことをするなんて、一人で動揺しまくっている自分がなんだか惨《みじ》めにさえ思えてくる。

(リヒャルトにとってはどうでもいいことかもしれないけど、あたしにとっては違うのに……)

そう思ったらひどくショックを受けてしまい、つい涙《なみだ》をこらえることができなかった。

「あ……」

ミレーユが目を潤《うる》ませたのを見て、リヒャルトはぎょっとしたように身体《からだ》を退《ひ》いた。

「す、すみません、ごめんなさい！　冗談《じょうだん》が過ぎました」

(はあぁ？　冗談ですってえええっ、何ふざけたことぬかしてんのよコラアァ――――っ!!)

心の中では雄々《おお》しく叫《さけ》べるのに、実際には泣くのをこらえるのに精一杯《せいいっぱい》で声を出せなかった。復讐《ふくしゅう》してやるつもりが、逆に泣かされるような羽目になって悔しいやら情けないやらで、止めようとすればするほど涙は止まらない。

「ミレーユ……、そんなに泣かないで」

「……うるさいわね……っ、全然泣いてないわよっ!」

慌《あわ》てたような困ったような声でなだめられて、なんとか言い返した。なんて腹の立つ人だろう。今さらそんな優《やさ》しい言葉をかけられたところで、余計涙が出てくるだけだというのに。

焦《あせ》り顔で見下ろしていたリヒャルトは、自己嫌悪《けんお》のため息をつき、躊躇《ためら》いがちにミレーユの肩《かた》にふれようとした。しかし思い直したように手を引いて、はっと背後を振《ふ》り返った。

ドンドンドン、と激しく扉《とびら》をたたく音が突然響《とつぜんひび》き渡《わた》り、ミレーユは仰天《ぎょうてん》して顔をあげた。

「おぉ～い、ミシェルぅ!　遅いぞぉ、何をやっとるかー!」

舌っ足らずな団長の呼びかけが耳に飛び込んできて、ミレーユは凍《こお》り付いた。よりによってリヒャルトが来ている時に――今はまだ見つかるのはまずい。

「宴会《えんかい》はもう始まってるぞぉ!　おうい、いないのかぁ～?」

リヒャルトが緊迫《きんぱく》した顔で剣《けん》の柄《つか》に手をやるのを見て、はっと我に返る。こんなところで交戦など冗談ではない。

「――誰《だれ》です?」

「うちの団長」

鋭《するど》く訊《たず》ねるリヒャルトに短く答え、急いで部屋を見回した。隠《かく》れられそうなところと言えば一カ所だけ。壁際《かべぎわ》のクローゼットしかない。

目配せして、すばやく扉を開けた。合図に気づいたリヒャルトが音も立てずに中へ入り、ミレーユの手を引いて自分の傍《そば》へと引き寄せる。なんであたしも、と聞き返している余裕《よゆう》はなかった。

もとは掃除《そうじ》用具入れだったところで、急ごしらえのクローゼットである。そんなにたくさん着替《きが》えを吊《つ》るしているわけではなかったが、二人の人間が隠れるにしては広いとは言えない。

扉を閉めて一息つく間もなく、物置部屋の扉が開けられた音がした。

「ん〜……？　ミシェール、いないのかぁ？　おかしいな、どこに行ったんだ……」

靴音が中に入ってくる。息を詰めてうかがっていると、クローゼットの前で立ち止まったのがわかった。今にも扉が開けられそうで、心臓が破れそうなくらい早鐘《はやがね》を打ち始める。

ばたばたと別の足音が近づいて来たのは、そのときだった。

「団長！　こんなところで何を騒《さわ》いでらっしゃるんですか。ここ、ミシェルの部屋でしょう。陛下まで聞こえてましたよ」

軽く非難まじりのアレックスの声がして、ミレーユは思わず勝利の拳を固めた。

「ミシェルを知らんか。酒盛りに誘《さそ》いに来たんだが」

「またですか⁉　いい加減、彼を悪の道にひきずりこむのはやめてください！　彼は大人しいから断れないんです」

「悪の道とはなんだ！　男同士の絆《きずな》を深めてるだけじゃないか」

「別の方法で深めてくださいよ、そういうのは――」

アレックスは酔《よ》っぱらいを回収してくれたらしい。足音と話し声が遠ざかっていき、やがて聞こえなくなる。

完全に静まりかえったのを確認《かくにん》してから、ミレーユはようやく大きく息をついた。

（助かった……。アレックスありがとう）

「――ミシェルって、何です」

すぐ傍で硬《かた》い声がして、盟友に感謝していたミレーユはどきりとした。狭《せま》いクローゼットに二人も詰《つ》め込まれているのだから、密着してしまうのも当然だ。慌てていたから気づかなかったことに今さら気づいて、うろたえる。

「ここでのあたしの名前だけど？」

狼狽《ろうばい》を悟《さと》られないよう強気に言うと、小さくため息が返ってきた。

「どうしてあなたは、そうやってどこに行ってもすぐ馴染《なじ》んでしまうんですか……」

「本名を言うわけにいかないんだから、しょうがないじゃない」

リヒャルトはもう一つため息をついてから、何か思うような声で訊ねた。

「彼はいつもこの部屋へ来るんですか？」

「団長のこと？　ううん、どうして？」

「さっき、足音がまったくしなかった。何か不自然だったし……」

「彼は優秀《ゆうしゅう》な人ですよ。あなたのことを不審《ふしん》に思って見張るくらいにはね」

「え……？　まさか」

思わぬことを言われ、少し不安になった。確かに言われてみれば不自然な訪問だったように思える。もし彼が気配を隠して、その直前の会話を盗《ぬす》み聞《ぎ》きしていたとしたら、かなりまずいのではないだろうか。だが、なぜ自分が見張られなければいけないのかがわからなかった。

「知ってるの？　団長のこと」

「……父の部下だった人ですから」

答えるまでに少し間があった。昔はそうだったのに今は敵方についているのだから、リヒャルトにとっては複雑なのだろう。そう思っていたら、彼が硬い声で続けた。

「やっぱり、あなたをここには置いておけない。本当は疲《つか》れてるんでしょう。入ってきた時、あんなに大きなため息をついていた……。しかも軍の上層部にあやしまれている恐《おそ》れもある。それ以前に、あんなに気軽に男が入ってこられる環境《かんきょう》にいることに、もっと危機感を持ってください。怖《こわ》いと思わないんですか？」

「べ……別に、疲れてないし怖くもないわ。そんなこと言って、追い返そうとしても無駄《むだ》だから」

優しい言葉に心がぐらつきかけるが、結局最後に言われるのは「帰れ」ということなのだ。そう思ったら反抗心《はんこうしん》がむくむくとわいてきて、つんけんしながら言い返す。それに答えた声はさらに厳しくなった。

「言うことを聞いてくれないなら、力ずくでも帰しますよ」

「ふん。やれるものなら、やってみればいいじゃない!」

「……やれないと思ってるんですか?」

急に声が低くなる。扉が開かないよう押さえていた手に、彼の手が重なったのがわかった。瞬時《しゅんじ》に動揺《どうよう》したミレーユは空いていたもう片方の手を咄嗟《とっさ》に上へ——すなわち彼の顔のあるあたりへと振り上げた。

「触《さわ》んないでっ!」

だがそれも、ぱしっという小気味よい音とともに彼の掌《てのひら》に阻《はば》まれる。そのまま握《にぎ》られて、両手の自由が利《き》かなくなってしまった。こんなに暗くて狭い場所、しかも密着して動けないという状況《じょうきょう》に、ミレーユの頭に血がのぼる。

「うぎゃあああやだやだやだっ、離《はな》せえええぇぇぇ——っっ!」

渾身《こんしん》の力をこめて暴れると、悲鳴の上ずり具合に驚《おどろ》いたのか、少し腕がゆるんだ。ミレーユはすかさず手を振り上げて爪を立て、ついでに肘鉄《ひじてつ》をくらわせると、扉をぶち開けた。

背後で軽くうめく声がしたが、構わず転がるように外に出る。激しく息をしながら、勝ち気な心を取り戻《もど》して振り向いた。

「あたしに指一本触らないで。そして百メートル以内に近づかないで。ヤケドするわよ」

刺々《とげとげ》しく宣告すると、引っかかれた頰《ほお》を押さえていたリヒャルトが、面食《めんく》らったように口を開いた。

「……それ、使い方間違《まちが》ってるんじゃ……」

「うるさいわねっ、この酔っぱらい！　けだもの！　乙女《おとめ》の敵っ！」

「な……、酔っぱらいって――」

「あたし、あなたのことなんてもう好きじゃないから！」

クローゼットから出てきたリヒャルトをにらみつけて宣言すると、彼は軽く目を見開いた。

「人のこと邪魔《じゃま》とか嫌《きら》いとか言ったあげく、無理やりキスするような意味不明な人のことなんか、大っ嫌い！」

リヒャルトは驚いたようにこちらを見ている。頬が赤いことに気づいたのだろうかと思っていたら、彼がおもむろに口を開いた。

「もう……って？」

（……？　……はっ！）

これではまるで、今までは好きだったような言い方だ。焦ったミレーユはむきになって言い直した。

「うぬぼれないでよね！　あなたなんか最初っから好きじゃないんだから！」

「ミレ――」

「もう絶交よ、二度と口をきかない。絶対に話しかけないでっ！」

「ちょっと待って、話はまだ――うわっ」

いきなり顔面めがけて枕《まくら》が飛んできて、ついでに椅子《いす》まで投げつけられ、リヒャルトは慌ててそれらを受け止める。思い出し怒《いか》りと焦りとで頭に血が上ったミレーユは、その隙《すき》に戸口へと走った。

「次にあたしの前に現れたら、迷わず三段回し蹴《げ》りをお見舞《みま》いしてやるわ。命が惜《お》しかったら、二度と顔を見せないことね！」

「待――」

「ふ――――――――んだっっ!!」

思い切り捨て台詞《ぜりふ》をたたきつけると、ミレーユは後ろも見ずに部屋を飛び出した。


謎《なぞ》の捨て台詞を残してミレーユが出て行き、リヒャルトは物置部屋に一人取り残された。

鼻先で閉められた扉《とびら》を前にして、まざまざと噛《か》みしめる。

（かつてないほどに怒《いか》り狂《くる》っている……）

口喧嘩《くちげんか》で勝てないのはもとからだが、今回はこれまでの比ではない。とりつく島もないとはこのことだ。

（そりゃ、怒るよな……）

やり逃《に》げなどと言われてショックだったが、言われてみればまさにその通りだ。彼女の怒りは正当なものだろう。しかし、おかげで前にも増して話を聞いてくれなくなった気がする。

追いかけて捕《つか》まえて、話の続きをしたかったが、ここは敵陣《てきじん》だ。話をしに行くと言った自分を無謀《むぼう》だと止めた部下たちのためにも、これ以上うかつな真似《まね》はできなかった。

あらためて部屋の中を見回すと、自然とため息が漏《も》れた。

こんな場所で寝起《ねお》きして、楽しいわけがないだろうに。いや、仮に本人は気にしていないとしても、そんなことをさせている自分が許せなかった。

傷つけて遠ざけようと思っていたが、それは傲慢《ごうまん》な考えだったのだろうか。傷つけてしまったのは間違いないのに、遠ざけるどころかますます意地にさせている。

(何をやってるんだろう、俺は……)

意地になっているのは自分も同じだ。もうずっと、つきまとう矛盾《むじゅん》を打破できずにいる。巻き込みたくないと思う一方で、傍《そば》にいてほしいという勝手すぎる矛盾を。

ここに置いておくのが嫌《いや》なら、自分でも言ったように力ずくでも連れ出せばいい。それなのに結局は冷徹《れいてつ》になりきれないのは、彼女に帰ってほしくないからなのだとわかっていた。だからと言って第三の道を選ぶのは、どうしても踏《ふ》ん切《ぎ》りがつかないのだ。

危険なことからは自分が守ればいい。だがもし彼女を受け入れれば、強制的に大公妃《ひ》という身分が付随《ふずい》してくる。そうなればきっと計り知れない苦労をするだろう。貴族の世界には向かないと、憂鬱《ゆううつ》そうな顔で言っていたことがずっと頭に残っていた。だから、ただ好きだからという理由だけで求めるのは、無責任なことのように思えてしまう。

それに、今の自分はアルテマリスにいた頃《ころ》のように安全な身分ではない。まだ公《おおやけ》にすることすらできないあやふやな立場のままでは、とても迎《むか》え入れることなどできなかった。

コンコン、と扉をひそやかに叩《たた》く音がして、我に返る。手引きしたロジオンからの合図だ。

「――すぐ行く」

短く答え、抱《かか》えたままだった枕を寝台《しんだい》に置こうとして、床《ゆか》に一冊の帳面が落ちているのにリヒャルトは気づいた。

「……？」

拾い上げたついでに何気なく開いてみる。瞬間《しゅんかん》、もしや日記帳ではという思いがよぎり、まずいと思ったが、そのときにはもう中身が目に飛び込んできていた。

幸いというのかそれは日記帳ではなく、ミレーユが騎士《きし》団に潜入《せんにゅう》して調べたこと、わかったことなどを記録したものだった。シアラン国内に入ってから見聞したことを詳細《しょうさい》に記してある。奮闘《ふんとう》ぶりが目に浮《う》かぶようだ。

本人には言わなかったが、宴《うたげ》の夜に聞かされた話から判明した新事実もある。そういう意味では間違いなく役に立っているといえるだろう。だがそうして核心《かくしん》に迫《せま》れば、それだけ危険が増すということになる。

（早くやめさせないと――）

切実にそう思いながらも、こうまでしてくれる人を置き去りにしようとしているだけの自分が、ひどく情けなく思えてくるのも事実だった。

記録帳をじっと見下ろしていたリヒャルトは、やがて息をつくと、机に転がっていたペンを見つけて手に取った。

翌朝。朝食の席で、昨夜のことを思い出しながらミレーユはやけ食いしていた。

（くっそぉ……。あたしとしたことがっ！）

言いたいことを言ってすっかり勝った気分になっていたが、何のことはない、結局は逃げ出しただけだったと気づいたのだ。復讐《ふくしゅう》どころか謝罪すら勝ち取れなかった。しかも泣かされるわ、情けなく悲鳴をあげてしまうわ……。

（なんて腑甲斐《ふがい》ないんだろう！　あんな石頭の狼藉《ろうぜき》者に怯《ひる》むなんてっ）

カリカリしながらパンを頬張《ほおば》っていると、通りかかったジャックがにやりとして横に身を乗り出してきた。

「おお、ミシェル。恋煩《こいわずら》いは治ったか？」

「なっ、なってませんよ、そんなの！」

ちょうどリヒャルトのことを考えていたせいで、必要以上にむきになってしまう。ふうん、と不思議そうな顔でミレーユを眺《なが》めたジャックは、そのまま背後の食卓《しょくたく》から空いた椅子を引っ張ってくると、すぐ傍に陣取《じんど》った。隣《となり》に座ったテオが「割り込むんじゃねー！」と騒《さわ》ぎ出すのも構わず、思い出したように切り出す。

「そういえば、聞こうと思ってたんだが……。昨夜、おまえの部屋にいたのは誰《だれ》だ？」

「……は？」

一瞬《いっしゅん》耳を疑った。あまりにも変わらぬ笑顔《えがお》で言われたため空耳かと思ったくらいだったが、すっとジャックの顔から笑みが消えるのを見て身体《からだ》が強《こわ》ばった。

「言えないのか」

「……」

いつもと別人のような団長の顔を、ミレーユは必死に狼狽《ろうばい》を押し隠《かく》して見つめ返した。まるで射《い》すくめられたように目をそらせなかった。

（やっぱり、リヒャルトの言ったとおり、ばれてた……!?）

「ミシェル……？」

一緒《いっしょ》にいたアレックスやテオら舎弟《しゃてい》たちも、心配そうに双方《そうほう》を見比べる。自分たちの知らない話、それも雲行きのあやしい話だと気づいたらしい。その空気は周囲にも伝わったのか、他《ほか》の騎士らも何事かとこちらを見ている。

どうやってこの場を取り繕《つくろ》うべきか。どうしたらうまく納得《なっとく》させられるだろう？　何かうまい言い訳はないか――。めまぐるしく頭の中を回転させながら、とりあえず何か言おうと口を開きかけた時だった。

「自分です」

人垣《ひとがき》の向こうから低い声が割って入った。

誰もが驚《おどろ》いてそちらを見る。名乗りをあげたのが誰かに気づいて、ミレーユは目を丸くした。いつも通りの淡々《たんたん》とした表情でそこにいたのはロジオンだったのだ。

「は？　おまえが？」

意外だったのか、ジャックもぽかんとして聞き返す。ロジオンがうなずいたのを見て、訝《いぶか》しげに眉《まゆ》をひそめた。

「そういえばあの後、三階から下りてきたのは見たが……。しかし、ミシェルの部屋で一体何をしていたんだ」

ロジオンはちらりとミレーユを見る。目が合ったのは一瞬で、彼はすぐにジャックに目線を戻《もど》し、落ち着いた様子で答えた。

「ミシェルに愛の告白をしていました」

奇妙《きみよう》な静けさが流れた。

「――――はあ⁉」

次の瞬間、ミレーユを含《ふく》め、ロジオン以外のその場の全員が叫《さけ》んだ。

それに構わず、唖然《あぜん》とする騎士たちをかき分けて前へ出たロジオンは、あんぐりと口を開けているミレーユの腕《うで》をつかんだ。

「言うつもりはなかったのですが、団長殿《どの》の質問でしたので仕方なく。申し訳ありません」

「は……、へっ……」

へどもどしているミレーユを立たせると、生真面目《きまじめ》な顔でとんでもないことを続けた。

「昨日打ち明けたことは自分の本当の気持ちです。想《おも》いを抑《おさ》えきれなくなったため、突然《とつぜん》ですが言わせていただきました。一目あなたを見た時から、ずっと愛しています」

食事を続けながら聞いていた数人が、ブフォッと噴《ふ》き出した。冗談《じょうだん》として聞き流せないような雰囲気《ふんいき》に、全員ますます呆然《ぼうぜん》とする。

呆気《あっけ》にとられたように黙《だま》っていたジャックは、ごくりと喉《のど》を鳴らしてミレーユを見た。

「そうなのか？　ミシェル。あ……愛を打ち明けられたのか」

（そんなわけないでしょうが――！）

ミレーユは内心叫んだが、だからと言って本当のことを言えるわけもない。ロジオンがなぜそんな嘘《うそ》を言い出したのかわからず混乱したが、他にうまいごまかしが浮かばず、乗ることにする。ここいる自分が『男』だということは、この際、深く考えないことにして。

「…………はい……」

焦《あせ》ったのとびっくりしたのとで赤面しながら、消え入りそうな声でうなずいたミレーユに、ジャックは驚愕《きょうがく》したようだった。しばらく物も言わずに凝視《ぎょうし》していたが、やがて苦悩《くのう》の表情になり、口元を覆《おお》うと顔をそらした。

「すまなかった……。秘《ひ》めごとを暴露《ばくろ》するような真似をして……」

「団長殿。まだ彼から返事を聞いていませんので、これで失礼してもよろしいでしょうか」

「あ、ああ、いいぞ……」

よほどショックだったのか、ろくに目線もくれず答える。ただ一人、動揺《どうよう》していない顔のロ

ジオンは、ざわつく騎士らをかきわけてミレーユを食堂から連れ出した。

三階にあがると真っ直《す》ぐに物置部屋へと向かう。ものも言わずに扉《とびら》を開け、中に連れ込まれて、ミレーユは慌《あわ》てて声をあげた。

「ちょっと、ロジオン……」

以前アレックスからロジオンに狙《ねら》われていると指摘《してき》されたこともあり、先ほどからの一連の言動に浮き足立っていたが、一方で彼の発言が嘘だということは自分が一番わかっている。昨夜ここに一緒にいたのは彼ではなく、リヒャルトだったのだから。

そしてそれを言えずに困っていたところを、嘘をついてでも助けてくれたということは、おそらく彼は事情を知っている。つまり、関係者なのではないだろうか？

「ねえ、ロジオン。もしかしてあなた——」

「申し訳ございません！」

「わあ！」

いきなり彼がその場に勢いよく跪《ひざまず》いたので、ミレーユは仰天《ぎょうてん》して後退《あとずさ》った。顔を伏《ふ》せたまま、ロジオンは硬《かた》い声で続けた。

「ご無礼をお許しください。昨夜、若君がこちらに訪ねていらしたことは存じておりましたので、咄嗟《とっさ》にあのような真似《まね》をしてしまいました。あの場をごまかすための方法を他に思いつくことができず――」

「……じゃ、やっぱり庇《かば》ってくれたのね」

確かめるように言ってみたが、ロジオンは答えない。だが、じっとうつむくその表情を見れば、そうであるのは一目瞭然《いちもくりょうぜん》だった。

「若君って……リヒャルトのこと？」

「――は」

「あなた、リヒャルトの部下とか、そういう……？」

「私は若君の元侍従《じじゅう》です。母が若君の乳母《うば》を務めておりましたので、その関係で幼少の頃《ころ》よりお仕えしております」

「侍従って、つまり、お付きの人ってこと？」

ロジオンは小さくうなずいて続けた。

「若君のご命令によりシアラン国内で内部調査をしておりましたところ、あなた様の身柄《みがら》保護を請《う》け負うことになり、僭越《せんえつ》ながら今日まで密《ひそ》かに見守っておりました」

ミレーユはやっと納得して、しみじみと彼を見つめた。道理で、アレックスの言うようにいつも自分を見ていたわけだ。

「そっか……。じゃあ、ロジオンがアンジェリカさんの言ってた知り合いだったのね」

「あれは私の妹です」

「えっ、そうなの？」

「――本来ならば、あなた様を騎士《きし》団にお留めするはずではありませんでした」

随分《ずいぶん》似てない兄妹《きょうだい》ね、と感心するミレーユに、彼は淡々と説明を続けた。

「妹からあなた様のことで連絡《れんらく》を受けた際、私は第五師団に潜入《せんにゅう》して離宮《りきゅう》へ向かう途中《とちゅう》で、たまたまあの城館近くにおりました。水路伝いに外へ出られたところを保護し、別の者に預けて安全な場所へお連れするつもりだったのですが、運悪く、あなた様を最初に発見したアレックス卿《きょう》が上層部に報告したため、事が大きくなってしまったのです。あなた様のご容態も芳《かんば》しくなかったため、回復を優先させようと判断して離宮にお連れ申し上げ、現在に至ります」

人が良くて正義漢のアレックスのことだから、きっと人道精神を発揮してミレーユのことで奔走《ほんそう》してくれたに違いない。しかしロジオンにとってはそれが誤算だったのだろう。

ミレーユは、跪く彼の前におずおずとしゃがみこんだ。

「あの……ごめんなさい。ロジオンも潜入捜査《せんにゅうそうさ》してたのに、そこにあたしが来ちゃったから、面倒《めんどう》見ることになったんでしょ？　ずっと仕事の邪魔《じゃま》してたってことよね……」

「あなた様の無事を図《はか》るのも私の任務です。どうぞお気になさらずに」

彼はいつも通りの低い声で即答《そくとう》した。迷いのない言葉は、きっと心からのものなのだろう。

洗濯《せんたく》を手伝ってくれたことや、耳飾《みみかざ》りを入れる袋《ふくろ》をくれたこと、風呂場《ふろば》に乱入したテオから助けてくれたことなどを思い出す。彼はきっと、そうしていつも見守ってくれていたのだ。そんなことも知らず、下世話な疑惑《ぎわく》を抱《いだ》いていたことがひどく申し訳なく思えた。

「今までありがとう。ずっと守ってくれて」

「アルテマリスで若君とご一緒《いっしょ》におられるのを見た時から、私にとってあなた様は若君ご同様にお仕えすべきお方であり、ご指示がなくともお守りすべき対象です」

かしこまって答える彼に、ミレーユは身を乗り出した。

「やっぱりあたしたち、会ったことあるの？　どこかで見たような気はしてたんだけど」

「アルテマリスで、何度かお目にかかったことが」

「うそ、いつ？　どこにいたの？　白百合《しらゆり》にはいなかったわよね……」

「王宮の薔薇《ばら》園で管理を任されていました」

ミレーユは目を丸くして彼を見つめた。寡黙《かもく》な印象のある、生真面目そうな表情。頭の中でつばの広い麦《むぎ》わら帽子《ぼうし》をかぶせてみると、確かに見覚えのある人物と重なった。

「あーっ！　薔薇園の管理人さん⁉」

個人的に会話したことこそないものの、間近で何度か顔を見たことがある。だがそう言われなければ咄嗟に結びつかないほど、今は印象が変わって見えた。

「そうだったんだー！　あれ、でも、名前が違うわよね。確か……」

「アルテマリスではレオドルと名乗っておりました」

「ああ、そうそう、そうだった！　じゃあ今は偽名《ぎめい》を使ってるのね」

「いいえ、どちらも本名です。支障があるといけませんので、使い分けてはいますが」

「ふうん……。けど、いつこっちに来たの？　確か乙女《おとめ》劇団の時、会場の飾《かざ》り付けとか手伝ってくれたでしょ。あれからあんまり時間経《た》ってないけど」

不思議に思って訊《たず》ねると、ロジオンの表情がすっと厳しくなった。

「実はあの前後、ウォルター伯爵《はくしゃく》がアルテマリス王宮で若君と接触《せっしょく》したのです。思ったより早く彼が動いているようだとわかり、急遽《きゅうきょ》シアランへ戻《もど》ることになりました」

「……ウォルター伯爵って、一体どういう人なの？」

ヒースに命じてミレーユを誘拐《ゆうかい》させた人。名前しか知らないが、敵意を感じさせるロジオンの言い方が気になった。それほどに危険な人物なのだろうか。

「若君のご幼少の頃より親しくされていた方ですが、妹君のサラ嬢殺害の件で離反《りはん》されました。今は若君の敵だと、私は思っています」

「……敵……」

サラ・ウォルターの兄で、リヒャルトの敵。そんな人がアルテマリスに来て、リヒャルトに接触していたという。乙女劇団の公演前後というと——公演当日、彼の様子がおかしかったのはひょっとしてそのせいだったのだろうか。あの後、事情を尋《たず》ねてみた時、昔の知り合いに会って嫌《いや》なことを思い出したと打ち明けてくれた。珍《めずら》しく弱音のようなことを言われて、気になったことを覚えている。

(よぉし、ウォルター伯爵は敵なのね。そうとわかったら、あたしもそのつもりでやるわ)

ミレーユは表情をあらため、床に座り直した。

「ロジオンは、この第五師団で何を調べてるの？　やっぱり、大公側の動き？」

「ギルフォードの動向がつかめれば万々歳《ばんばんざい》ですが、宮殿《きゅうでん》には別の者も入り込んでおりますし、

「第五師団には大公側が送り込んだ間者がいます。ヴィレンス卿の動きを逐一《ちくいち》報告しているは

「……どういうこと？」

「彼はそうかもしれません。ですが、接触には慎重《しんちょう》を期すことが必要です」

さまを助けたじゃない。リヒャルトのことも、事情を話せばわかってくれるかも」

ミアーナさまが攫《さら》われた事件があったでしょ。あの時、大公の命令書を無視してエルミアーナ

「団長は味方になってくれるんじゃないかって、ちょっと思ってるのよね。ほら、この前エル

深刻な顔つきで続けた。

移っていない段階なのか。どちらにしろ、現時点では思わしくないようだと感じ、ミレーユは

　ロジオンは無言のままミレーユを見つめた。難しいと思っているのか、まだ本格的な行動に

「うまくいきそうなの？」

「同様にそれぞれ潜入しています。我々の任務は、軍部を掌握《しょうあく》して大公に反旗を翻《ひるがえ》すこと」

「ねえ、ひょっとして他《ほか》の師団のことも探ってたりする？」

仕えていた人だし、大公騎士団の将軍の一人なのだから、味方につければ心強いだろう。

　ははーん、とミレーユはため息まじりにうなずいた。もとはリヒャルトの父である前大公に

ようにと」

「は。ヴィレンス卿の真意を探り、もし今でも真実味方であるのなら、こちら側に引き入れる

「団長？」

彼らが探《さぐ》っていますので。――私の目的は第五師団長のジャック・ヴィレンス卿です」

ずです。おそらく彼も間者が誰《だれ》なのかは知らないでしょう。よって、無闇《むやみ》には近づけません」

「え……団長が見張られてるってこと？　なんで？」

「彼が寝返《ねがえ》るのを恐《おそ》れているからではないでしょうか」

淡々《たんたん》とした答えに、つい先ほど食堂で団長から鋭《するど》い追及《ついきゅう》を受けたことを思い出す。ひょっとしてあれは間者だと疑って探りを入れてきたのだろうか？

（じゃあ、あたし自身があやしまれてるってわけじゃないの？　かまをかけられただけ？）

またわからなくなってきたが、大公は間者を送り込んで団長を監視《かんし》し、団長はその間者を捜《さが》そうとしているとしたら、これからはそれら両方の目に気をつけなければいけない。

だがそれもリヒャルトの味方を増やすためだ。ミレーユは改まった顔で身を乗り出した。

「団長が寝返るのを恐れてるってことは、その可能性があるってことよね。もし味方になってくれたら、リヒャルトはすごく助かるんでしょ？　あたしにもあなたの任務を手伝わせて。お願い、何でもやるから」

彼はじっとミレーユを見つめ、やがて頭《こうべ》を垂れた。

「──仰《おお》せのままに。若君の代わりに私が全力を尽《つ》くしてお守りいたします」

第三章　密使志願

青々とした水をたたえる湖。そのほとりに建つ大公宮殿は、湖の色との対比が美しい純白だった。ぐるりと湖の半円分にわたって建つそれぞれの宮は、渡り廊《ろう》で結ばれている。屋根はすべて湖と同じ蒼《あお》である。

「ミレーユ・ベルンハルト公爵令嬢《こうしやくれいじよう》様の、ご入室でございます！」

侍従《じじゆう》の声に、居並ぶ貴族らは一斉《いつせい》にそちらに注目した。

しずしずと入ってきた令嬢は、まるで今から婚礼《こんれい》をあげる花嫁のような薄《うす》くて長いベールをかぶっていた。それは歩を進める度《たび》にひらめいて、ひどく可憐《かれん》な印象をふりまく。貴族らはしばし、息を詰《つ》めて彼女の姿に釘付《くぎづ》けになった。

（美しい——）

令嬢の進む方向に深紅《しんく》の絨毯《じゆうたん》を手早く敷《し》き、籠《かご》に盛った色とりどりの花をまきながらついて行くお付きの侍女《じじよ》は大変忙《いそが》しそうではあったが、令嬢は当然のごとく花びらの雨をあびながら進んでいく。

彼女に用意された席は、大公の正面。豪華《ごうか》な装飾《そうしよく》の椅子《いす》である。促《うなが》されて腰掛《こしか》けた彼女は、小首を傾《かし》げるようにして左右を見やり、やがて正面を向いた。

「——遠いところ、はるばるご苦労でしたね。ミレーユ姫《ひめ》」

乾《かわ》いた風のような、空虚《くうきょ》な感じのする声が響《ひび》き渡る。貴族らはかしこまって面《おもて》を伏《ふ》せ、上目遣《づか》いに声のほうを見た。

玉座に座っているのは不思議な印象のある男だった。一見銀髪《ぎんぱつ》にも見えるが、彼のそれは白《はく》髪《はつ》だ。少し前までは焦《こ》げ茶《ちゃ》色をしていたそれは、病の進行とともに色を失ってしまった。だがそれを差し引いても彼の容貌《ようぼう》は優《すぐ》れたものだった。空色の瞳《ひとみ》にはまだ充分《じゅうぶん》生気が宿っているし、軽く微笑《ほほえ》めば大抵《たいてい》の女性は見とれてしまうだろう。ただ、彼が笑うことは最近はほとんどなかったが。

シアラン大公ギルフォード——これから夫になる男のことを、令嬢はにこやかに見つめた。

「お初にお目にかかります。大公殿下《でんか》。お会いできたことを幸せに思います」

「私もだ。ミレーユ姫」

ごく自然な調子で彼は応じた。笑いはしないが、愛想《あいそ》がないというわけではないらしい。

「シアラン宮殿はいかがですか。アルテマリスの王宮に比べれば小さいかもしれないが、美しさでは負けていないと自負しているのだが」

「ええ、とっても素敵《すてき》なところで、大変気に入りましたわ。特に湖が綺麗《きれい》ですね」

「それはよかった。あなたの部屋は見晴らしのいいところに用意させよう」

「ありがとうございます」

令嬢は声をはずませ、ふと思い出したように小首をかしげた。

「ところで、先ほど耳にしたのですが……。わたしたちの結婚式《けっこん》の日取りは、もう決まっているとか」

「ああ。四日後だ」

「まあ……。それは困りましたわ。そんな……」

落ち着かない様子でため息を連発する花嫁を見て、ギルフォードがちらりと視線を走らせる。それを受けて前に進み出てきたのは、ローブのようなものを羽織った若い男——宮廷占い師《うらなし》である。

「姫君。シアランでは占術《せんじゅつ》によってすべての行事が決まる仕組みになっております。私どもの占いでは、大公殿下と姫君の婚礼は四日後がもっとも良いと——」

「まあっ、占いですって⁉」

突如《とつじょ》大声で遮《さえぎ》られ、彼はぎょっとしたように口をつぐんだ。

「まあああああっ、なんて素敵なんでしょう！　占いですべてが決まってしまうだなんて！あ、失礼しました。実はわたしも占いが趣味《しゅみ》なんですの。毎朝起きたら、その日の自分の運勢を占うのが日課なんです。ちなみに最近凝《こ》っているのは蕪《かぶ》占いと麦酒《ビール》占いなんですけどね！　朝っぱらから麦酒をがぶ飲みできてとってもほろ酔《よ》い気分になれる、新時代の占い法なんです！　ねえっ、あなた、失礼ですけど流派はどちら？」

嬉々《きき》としていきなりべらべらしゃべり始めた公爵令嬢に、シアラン側の者は皆呆気《みなあっけ》にとられた。明らかにお仲間認定《にんてい》して興味津々《きょうみしんしん》な様子に、占い師はたじろぎ、絶句している。

「シアラン宮廷の占いって、メルキアーデシェ派なの、それともイングラーザ派？　ちなみにわたしはソルビークリッツフォンテグラル派なんだけど！」

聞いたこともない単語をまぶしい笑顔《えがお》で連発され、占い師はあんぐりと口を開けた。

「え？　ご存じないの？　うっそー、信じられない！　あの伝説の占い師のことは全世界の常識だと思っていたのに。──ああ、けど、ずっと地底王国で暮らしてきたというから、地上ではあまり知られていないのかもしれないわね……」

啞然《あぜん》としているシアラン側の面々をよそに、難しい顔をしてつぶやいた令嬢は背後に軽く目をやった。

「アン、あれを」

「はい。姫さま」

控《ひか》えていた侍女が、さっと分厚い本を取り出して渡す。受け取って開きながら令嬢はちらりと占い師を見やった。

「どこから説明したらいいかしら。ソルビークリッツフォンテグラル導師が天翔《あまかけ》る星に乗ってこの地に降り立ったところ？　それとも宿敵ドーラリッゲル残虐《ざんぎゃく》大王が攻《せ》めてきて、一番弟子《でし》のアレリアが亡《な》くなってしまう号泣《ごうきゅう》場面？」

それは本当に占い師の話なのか。と一同が疑問に思った時、質問に応じる声があがった。

「では、導師が四大竜《りゅう》を従えた日の逸話《いつわ》を。姫君」

令嬢はそちらに視線を走らせた。大公の近くに控えていた中年のその男を見つめ、やがて、えもいわれぬ嬉《うれ》しげな声をあげる。

「あなた、導師をご存じなのね」

「はい。姫君の教養の深さ、感じ入りました。これほどまでにお詳《くわ》しい方を他《ほか》に存じ上げませぬ」

「だったら、あなたから言ってくださらない？　ソルビークリッツフォンテグラル派のわたしが占ったところによれば、殿下とわたしの結婚式は二月の十七日に挙げるのが最適だと出ましたの。それなのに四日後だなんて、冗談《じょうだん》じゃないですわ。その日でなければわたし、結婚なんてしませんから！」

きっぱりとした宣言に、居並ぶシアラン貴族らはざわめいた。やはり大国の王族の娘《むすめ》はわがままだと彼らがひそひそ言い合う中、ギルフォードが小さく笑みを漏《も》らした。

「二月十七日……。私がこの城を乗っ取った日だな」

その一言に、部屋は水を打ったように静まりかえった。

貴族らの顔に緊張《きんちょう》が走っている。空気に耐《た》えかねてか、最初の若い占い師が硬《かた》い表情で口を開いた。

「あなた様はシアランへ嫁《とつ》がれる身。となればシアランの占術に従っていただきませんと」

「えーっ、そんなの横暴だわ。ひどーい！」

ただ一人、空気を読まずに脳天気な抗議《こうぎ》の声をあげた令嬢が、ふっと目線を下に向ける。

「あーあ。……もう帰っちゃおうかしら」

ぼそりとした発言に、せっかくここまで連れてきた使節団の面々がぎょっとしたように目を瞠《みは》る。離宮《りきゅう》での内気な令嬢ぶりっこにすっかり騙《だま》されていた彼らは動転していた。

「そんな、姫君、何をおっしゃいます」

「帰るも何も、今さらなかったことにはできませんぞ」

「だってー、なんだかわたし、あまり歓迎《かんげい》されてないみたいだしー。この前は盗賊《とうぞく》に誘拐《ゆうかい》とかされちゃったし、結婚式の日取りは勝手に決められてるし、全然いいことないっていうかー。大公殿下はとってもお優《やさ》しいから何でも言うことを聞いてくださるって、国王陛下から聞いてたのにぃ」

腐《くさ》ったようにぶうぶうと文句を言う公爵令嬢に、侍女は目頭《めがしら》を押さえる。

「おかわいそうな姫さま！　どうしてこんなにお辛《つら》い目に遭《あ》わなければならないのでしょう。何も悪いことはしてらっしゃらないのに！」

「…………」

その場にいた貴族の誰《だれ》もが思い始めていた。

（この姫……変人？）

それも超《ちょう》のつく部類だ。しかも若干《じゃっかん》鼻につく系統のわがまま娘。途中《とちゅう》から貴族の娘とは思えぬ知性のない口調に変わっているし、最初の楚々《そそ》とした印象とは別人のごとき変貌《へんぼう》ぶりだ。

本当に王族に連なる姫なのだろうか。こんなのが次の大公妃《ひ》かと微妙《びみょう》な気分になった彼らだったが、玉座にいた大公がすっと立ち上がったのを見て息を呑《の》んだ。

彼はそのまま台座を降りると、令嬢が座っている椅子の前まで歩み寄った。間近に迫《せま》ってきた大公を令嬢は無言で見上げる。

「姫《ひめ》よ……」

そっと手をさしのべた彼は令嬢の手をとり、その感触《かんしょく》を確かめるようにしながら目を伏せて口を開いた。

「──あなたは本物のミレーユ姫か？」

「……！」

一瞬《いっしゅん》にして場の空気が凍《こお》り付いた。

彼女の態度が傲慢《ごうまん》でわがままだと責められるとすれば、大公の質問もシアランの一同の背筋を冷やすようなものだった。現在は間違《まちが》いなくシアランのほうが劣勢《れっせい》であるのに、そんな無礼な疑いを抱《いだ》いていると国王に知れたら一体どうなるかわからない。これは和平のための結婚であり、それでなくともシアラン宮臣はアルテマリスに負い目があるというのに。

「まあ、おかしな質問！　本物でなければ、誰だとおっしゃるのですか？」

さっと手を振《ふ》り払《はら》った令嬢が、楽しげに笑って答える。大公は目線をあげ、ベール越《ご》しに彼女と目を合わせた。めずらしく、笑みを浮《う》かべて。

「無礼を許していただきたい。あなたのことがあまりにも気に入ったので、もし偽者《にせもの》であったら悲しいと思ってね」

大公はゆっくりと踵《きびす》を返し、玉座に戻《もど》ると鷹揚《おうよう》に宣言した。

「では、婚儀《こんぎ》の日取りは姫君のおっしゃる通りにしよう。皆、姫のため準備に励《はげ》め」

「ありがとうございます、大公殿下！」

令嬢がはずんだ声をあげる。わがままが通って喜ぶ少女の声は、本当に嬉しそうだった。

大公と花嫁の初顔合わせが終わり、挨拶《あいさつ》をして玉座の間を辞したフレッドは、用意された部屋で物思いにふけっていた。

親友を陥《おとし》いれ、最愛の妹を差し出せと要求してきた男。思ったよりひ弱そうで、だがどす黒い感じのする気味の悪い男だった。

本物かと訊《たず》ねられた時、思わず手を振り払ってしまったのも、予想外の質問だったが動揺《どうよう》したわけではない。大公の瞳《ひとみ》が一瞬赤く光ったように見えて、異質なものを感じたからだ。

あれは一体何だろう。危険な暗示のような気がしたが、それが何かはわからない。

加えて言うと、あの腹黒いウォルター伯爵《はくしゃく》の姿が見当たらなかったことも引っかかっていた。

「しかし隊長殿《どの》。先程《さきほど》のあれは、少し傍若無人《ぼうじゃくぶじん》が過ぎたのではありませんか？　あれではミレーユ殿の品性が疑われるのでは」

アルテマリスから連れてきた部下のユーシスが心配そうに指摘《してき》してきたので、フレッドは考え事を中断して微笑《ほほえ》んだ。

「構わないさ。ここにいる『ミレーユ』は傍若無人なわがまま姫っていう設定なんだから。第一、シアランの皆さんに気に入られる必要なんかないしね」

「……それはつまり、本物のミレーユ殿はシアラン宮廷に関《かか》わらないから、ということでありますか？　本当に、連れてお戻りになるおつもりなのですか」

「だってきみも見ただろ。シアラン宮廷の皆《みな》さんって、ちょっと意地悪そうな人が多かったじゃないか。そんなところに愛する妹を住まわせるなんて、ぼくにはとてもできないよ」

「しかし、ミレーユ殿は……リヒャルト殿を追ってシアランまでいらしたのでしょう」

何を言わんとしているのか察し、フレッドは微笑んだまま黙《だま》った。淹《い》れたての茶が注がれたカップを見下ろし、ぽつりとつぶやく。

「そうだけど……今のリヒャルトには渡《わた》したくないなあ」

彼がただの一騎士《きし》であったなら、微塵《みじん》もためらうことなく妹を任せられるのに。ミレーユが大公妃という身分に憧《あこが》れるような少女でない以上、積極的に仲立ちする気にはなれなかった。

かといって、リヒャルトが大公になるのを妨害《ぼうがい》したいわけではない。もちろん今でも、考え直してアルテマリスに戻ってこないかと往生際《おうじょうぎわ》悪く思うこともある。だが、大公の地位につくのは彼の積年の夢なのだ。互《たが》いの夢を語り合った子ども時代からずっと、それはフレッドの目標でもあった。

二つの夢が重ならないというのは、こんなにも厄介《やっかい》なことなのかと思う。だが弱音を吐《は》く気になれないのは、自分より遥《はる》かに重い葛藤《かっとう》をかかえる親友のことがあるからかもしれない。

それでいて、彼と妹が心を寄り添《そ》わせようとしていることに、今さら嫉妬《しっと》めいたものを感じてしまう。妹の『一番』でなくなる日がくるなんて、考えたこともなかったというのに。

「美少年に悩《なや》み事はつきものなんだよね……」

切なげにため息をつき、彼は気を取り直してカップを手に取った。

「まあいい。とりあえず難しい問題は後回しだ。何はともあれ大公を破滅《はめつ》させるのが先だね。ぼくのミレーユを奪《うば》おうとした罪は海よりも深いってことを教えてさしあげないと」

「ま、フレデリックさまったら。いつにも増して笑顔《えがお》がまぶしいですわ」

菓子《かし》の盛られた籠《かご》を並べながらアンジェリカが楽しげに囃《はや》す。明らかにこの状況《じょうきょう》を楽しんでいる二人に、ユーシスは青くなって念を押した。

「ここは敵陣《てきじん》でありますよ、お二人とも！」

「もちろんわかってるよ、ユーシス。だから楽しいんじゃないか……」

抹殺《まっさつ》目録第二位の獲物《えもの》とやっと会えたのだ。忙《いそが》しくなるであろうこれからの日々を想像し、フレッドは微笑んで茶をすすった。


ある日の夜、シアラン騎士団第五師団宿舎の、ある一室にて。

「おいてめーら、これを見ろ！」

テオが嬉々《きき》として掲《かか》げたその物体を、周囲に控《ひか》えた用心棒軍団は首をかしげて眺《なが》めた。

「坊《ぼっ》ちゃん、それは一体何ですかい」

「ふん……聞いて驚《おどろ》けよ、てめーら……」

得意げに一同を眺め回し、テオはそれを頭上高く突《つ》き上げた。

「これはな、アニキお手製の超《ちょう》高級パンだ！」

うおおっと部屋の空気がどよめきで揺《ゆ》れた。用心棒たちは驚きと憧れのまじった目をしてテオの持つパンを凝視《ぎょうし》した。

「アニキさんがパンを？　一体全体、どういうことですかい、坊ちゃん」

「詳《くわ》しい事情はオレも聞いてねぇ。だが、この前の夜中、厨房《ちゅうぼう》で暴れてらしたことがあっただろ。オレが思うに、アニキは相当鬱憤《うっぷん》がたまってらしたんだろうぜ。女装なんかさせやがったおっさんに対してな……！」

思いだし怒《いか》りで目を爛々《らんらん》とさせるテオに、用心棒たちはごくりと喉《のど》を鳴らしてうなずいた。

「それで鬱憤を発散させようと、アニキさんはパンをお作りになったわけで？」

「坊ちゃんにもお裾《すそ》分けがあったんですかい」

「あ、あの、あっしらの分は……」

「落ち着けよ、てめーら。このパンはな、オレが死ぬ思いでアニキの目をかすめ、いただいてきたんだ」

要するに隙《すき》を見て一つだけかっぱらってきたのだが、兄貴分に対する背信だと後ろめたくもあったため、テオはどきどきしながら今まで隠《かく》していたのだった。

「けどな、オレはこれを独《ひと》り占《じ》めするつもりはねえ。てめーらと分け合っていただこうと思う」

「坊ちゃん……！」

「ここいらでオレらの結束も深めとかねぇとな。近頃《ちかごろ》はアニキの周りにあの野郎《やろう》が張り付いてやがるせいで、なかなかアニキと交流できねぇだろ」

彼らの兄貴分は、先頃《さきごろ》ロジオンという男に愛の告白をされたとかで、隊の話題をさらっていた。女だけでなく男までも惚《ほ》れさせるすごい人なのだ。

「しかしよー、あのロジオンとかいう野郎とアニキが正式にくっついちまったら……、オレはあいつを兄さんと呼ばなきゃなんねえのかな」

兄貴分の恋人《こいびと》が女なら『姐《ねえ》さん』だろうが、男ならやはり『兄さん』なのかというのが近頃のテオの悩みだった。沈《しず》んだ顔になる彼に、用心棒たちは急いで励ましの言葉をかける。

「坊ちゃん。アニキさんが選ばれた方なら、誰《だれ》であろうと付き従うのが舎弟《しゃてい》の務めですぜ」

「あっしらはどこまでも坊ちゃんとアニキさんについていきます！」

「……そうだな。オレはただ、アニキを信じてればいいんだよな！」

元気を取り戻したテオは、持っていたパンを台に置いてナイフを取り出した。

「よーし、じゃあいただこうぜ！」

「坊ちゃん、きっちり等分してくださいよ！」

「わかってんよ！」

今、彼らの心は一つだった。

綺麗《きれい》に二十五等分された小さなパンの欠片《かけら》を、彼らは満面の笑みで口に運んだ。


来週には離宮《りきゅう》を引き払《はら》う日が迫《せま》り、引っ越《こ》し準備で忙しい中、通常業務を任されたミレーユはいつものように書記官室で仕事に取りかかろうとしていた。

挨拶をして入っていくと、中にはいつもの半分の人数しか書記官の姿がない。

「五分でまとめろ」

席につくなりやってきたラウールが、バサバサッと書類の束を机に落とした。相変わらずの傍若無人な態度にミレーユはむっとしたが、一番上の書類を見てふと心を引かれた。

「……『奉納《ほうのう》芸術祭』？」

「それに参加する劇団、楽団、芸人一座の資料だ。人を募集《ぼしゅう》しているところを抜《ぬ》き出して、別紙にまとめろ。募集内容、人数、条件などもだ」

「離宮でまた何か宴《うたげ》があるんですか？」

「いや、それ神殿《しんでん》でやるんだよ。三年に一回の奉納芸術祭」

アレックスが口を挟《はさ》む。神殿と聞いてミレーユは俄然《がぜん》興味がわいた。ラウールが忙しそうにしながら部屋を出て行ったので、これ幸いとばかりに詳しく聞いてみることにする。

「神殿って、あれだよね。不思議な力を持った人たちがいるっていう」

「そう。普段《ふだん》は入れるところじゃないんだけど、この時だけは別なんだ。神殿にまつられた神々に捧《ささ》げるため、聖歌隊や聖楽隊、あと神話劇をやる劇団なんかが招かれるんだよ。ここ数年は特に神殿の警備が厳しくなってるんだけど、この芸術祭だけは毎回やってる」

「ふうん……」

警備が厳しくなったというのは、八年前の事件以降そこに神官長や神官たちが幽閉《ゆうへい》されていることとおそらく関係があるのだろう。ミレーユはじっとその書類を見つめた。

（ヒースと離《はな》れちゃったから、もう神官長様とも会えないと思ってたけど。神殿に招かれてるっていう劇団に潜《もぐ》り込めたら、うまくいけば神殿に入れるかもしれないわね……）

「へえ、芸術祭。もうそんな季節か」

「どれどれ」

ラウールがいなくなったのを見て、他《ほか》の書記官たちもわらわらと寄ってくる。興味深げに書類をのぞきこんできたところからすると、どうやらシアランでは有名な行事のようだった。

「あれ、……この劇団って、今この離宮に来てるところばっかりだ」

「それも道理だな。歓迎《かんげい》式典に来てたのは、都でも一流の劇団や一座ばかりだし。芸術祭に呼ばれるようなところとかぶっててもおかしくない」

書類にはいくつかの質問項目《こうもく》が並んでいる。『募集人員』の項に『要』と『不要』とあり、

『要』のほうに丸がついていた。その下の欄《らん》には『若い娘《むすめ》　若干名《じやっかん》』と書かれている。

「これってつまり、その芸術祭に出るのに人が足りないから募集してるってことか？」

「どうやらそうらしいね」

先輩《せんぱい》書記官たちが話しているのを聞いていたミレーユは、ふと眉根《まゆね》を寄せた。

「なんでそれを書記官室でまとめなきゃならないんだろ。騎士《きし》団は芸術祭に関係ないんでしょ？　神殿の行事なんだし」

周りに集まっていた先輩たちが、黙《だま》り込んで顔を見合わせる。

「……そういえばそうだな」

アレックスが怪訝《けげん》な顔でつぶやいたところを見ると、どうやらこれは異例のことらしい。先輩書記官の一人であるジェロームが、書類をまじまじと見ながら首をひねった。

「ミシェル。ラウール先輩は、これをどうしろって言ってたんだ？」

「あ、さっき、なんだか急いで出ていったっけ」

別の一人が思い出したように言うと、他の者らも口々にうなずく。

「最近、個人的に調べ物してるみたいだよ。仕事の後も遅《おそ》くまで残ってやってる」

「ほら、あれだよ。この前、公女殿下《でんか》の件で宮廷から文書が来たのに見逃《みのが》してたってやつ。よっぽど自尊心が傷ついたらしくて、汚名《おめい》を晴らしてやるって躍起《やっき》になってるんだ」

ミレーユは驚いて耳を澄《す》ました。言われてみれば最近のラウールは職務以外にも忙しそうにしていた気がする。

「けど、ラウール先輩の失態ってわけでもないんだろう？　室長が言ってたけど、その文書、確かに先輩は処理してたのに、団長に回す便には入ってなかったんだって。でもあとでよく捜《さが》したらちゃんと入ってたんだってよ」

「じゃあ、室長か団長が勘違《かんちが》いしてただけじゃないの？」

「いや、でも最近よく文書がなくなったり、後から出てきたりするらしいんだよ。それで、管理不行き届きだとかで、近々監査《かんさ》が入るって話」

「ええっ！　なんだよー。俺ら、ちゃんと仕事してるのになあ」

不満げな声があがる中、ミレーユははっと口を押さえた。

（ひょっとして。大公の間者が潜り込んでることと関係あったりする……？）

文書が勝手に消えたり現れたりするわけがない。書記官らは大抵《たいてい》決まった時間しかここへは入らないし、出入りする文書はすべて記録されている。それらをかいくぐってまで文書の中身を知ろうとしている者がいるとすれば、それは仕事で関《かか》わる書記官以外の者だろう。

「で、ラウール先輩は、これをまとめろって？　この忙《いそが》しい時になんでまた神殿なんだ？」

ジェロームが怪訝そうに訊《き》いてきたので、ミレーユは我に返って首をひねった。

「さあ、詳しいことは何も――」

聞いてません、と続けようとした時、勢いよく扉《とびら》が開いた。

そちらを見た一同は、ラウールが立っているのに気づいて一斉《いっせい》に青ざめた。

「何を遊んでる……。暇《ひま》なやつは全員資料室の荷造りに行けー！」

雷《かみなり》が炸裂《さくれつ》し、書記官らは蜘蛛《くも》の子を散らすように書記官室を飛び出していった。気づけば自分とアレックスしか残っていない状況《じょうきょう》に、ミレーユは焦《あせ》ってペンを握《にぎ》り直した。

「さてと、仕事仕事……」

「ごまかすな！　五分でしろと言っただろうが、まだできてないのか！」

「はいっ、すみません！」

「ラウール、もういい。こちらを使う」

副長の声が割り込み、ミレーユは驚《おどろ》いて顔をあげた。そこに副長どころか団長も一緒《いっしょ》にいるのを見て、何事かと思わず見つめる。彼らが書記官室へ来ることは珍《めずら》しい。

「劇団ではなく楽団ならば、個人的に顔がきく。テオバルトあたりなら聖楽隊に入れても違和《いわ》感《かん》はないだろう」

「ですが、それほどの腕前《うでまえ》なのですか？　バイオリンの神童と言われたのは昔の話でしょう」

それとなく聞き耳をたてていたミレーユは、目を丸くしてアレックスを見た。気のなさそうに彼はうなずく。

「へえ。意外……」

「顔に似合わず、そうなんだよ」

一番弟子《でし》のまさかの特技に、驚きを通《とお》り越して軽くショックを受けてしまう。テオがバイオリンを演奏している図がどうしても想像できない。ミレーユの中でバイオリン奏者といえば、キリルのような憂愁《ゆうしゅう》ただよう大人しい人だという印象があった。

（そうだ。キリルの行方《ゆくえ》がわからない今、リヒャルトの無実を証明してくれるのは神官長様だけなんだから。どうにかして、神殿に入り込めないかしら……）

悶々《もんもん》と考え込んでいると、ジャックがため息をつくのが聞こえた。

「問題は、そのテオバルトが原因不明の奇病《きびょう》で今朝から寝《ね》込んでいるということだ。芸術祭まで日がないが、間に合うかどうか……」

「その前に、あいつが密使としての役割を果たせるかどうか、甚《はなは》だ疑問です。仮にも団長殿の名代でしょう？　神官長様に何か無礼でもあっては……」

ラウールの声が耳に飛び込んできて、ミレーユは息を呑《の》んだ。空耳でなければ、今、密使という言葉を聞いた気がする。

（ううん、空耳じゃないわ。団長の名代って言ったし。しかも神官長様の名前も……。つまり、団長は神官長様に密使を送るために、隊士の誰《だれ》かを神殿に送り込もうとしてるってこと？）

それでテオの特技を買って楽団に潜入《せんにゅう》させようとしているのだろう。芸術祭に招かれた劇団の臨時人員募集についてまとめるよう命じられたのも、それと関係しているに違いない。

（けど、なんで団長が神官長様に密使を送るんだろ。ひょっとして仲間なのかしら……。いや、そんなことはどうでもいいわ！）

手元の書類を見やったミレーユは、カッと目を見開いて立ち上がった。

「あのっ！　ぼくに行かせてください！」

三人が振《ふ》り返る。話に割り込んだミレーユを見て、ラウールが今にも雷を落としそうな形相になったが、構わずに駆《か》け寄った。

「これを見てください！　この劇団、若い女の子を募集してるんです」

一番上にあった劇団の募集要項《ぼしゅうようこう》を掲《かか》げ、ミレーユは力説する。

「ぼくならこの劇団に違和感なく潜り込めると思います。ご存じでしょうが、すごい女顔なので。それに、この前の歓迎式典の時だって、一応実績は出したつもりです。『村娘その一』役くらいは難なく演じられる自信があります！」

「馬鹿《ばか》か！　おまえみたいなのが出しゃばって、粗相《そそう》でもしたらどうする！」

「けど、芸術祭まであんまり時間がないんでしょ。テオは寝込んでるっていうし、だったら他に人を探したほうがいいと思うんです。それに密使だっていうなら、あんまり他の人に知られちゃいけないんじゃ……むぎゃっ」

いきなりラウールに片手で顎《あご》を挟《はさ》むようにつかまれ、ミレーユは悲鳴をあげた。

「出しゃばるなと言ってるだろうが……。何を勝手に盗《ぬす》み聞《ぎ》きしてるんだ！　今すぐその口を縫《ぬ》ってやる！」

「ぎぃやあああぁぁ」

「まあまあ、いいじゃないか。そんなに熱心に立候補してきたんだ。ガッガッしてる若者は好きだぞ。若い頃《ころ》の苦労は買ってでもしないとな。な、ミシェル！」

笑顔《えがお》で取りなしてくれたジャックに、ミレーユは顔をつかまれたまま目を輝《かがや》かせる。

副長がかすかに眉根を寄せて団長を見たが、団長は笑顔でミレーユを見ているだけだった。

拍子抜《ひょうしぬ》けするほどあっさりと密使志願が叶《かな》い、ほくほくしながら書記官室を後にしたミレーユは、舎弟《しゃてい》たちの部屋へと向かった。

以前は間者と疑われたこともあったようだから、申し出を受けてもらえるだろうかと心配だったのだが、成功したところをみるともう疑惑《ぎわく》は晴れたらしい。ただ、さすがに一人で行かせるのは不安だったようで、イゼルスとアレックスも同行することになった。あとは彼らの目をかすめて、個人的に神官長に接触《せっしょく》する方法を考えるだけだ。

当面のところ気になるのは、寝込んでいるという舎弟一同のことだった。そういえば朝食の席にいなかったし、アレックスは「夜中に変なものでも食べたんだろ」と素《そ》っ気なかったが、食あたりだとしても彼らだけというのは気に掛《か》かる。

「あっ、アニキさんがいらっしゃいましたー！」

部屋の扉を開けるなり誰かが叫《さけ》び、ミレーユはぎょっとして身構えた。

何事かと確認《かくにん》する間もなく、中にいた全員が寝台《しんだい》から跳《は》ね起き、我先にと走ってきて戸口の両側に整列する。心なしかどの顔も緊張《きんちょう》しているように見えた。

「寝込んでるって聞いて、お見舞《みま》いにきたんだけど……。あ、これ、腹痛止めの薬」

この歓迎《かんげい》ぶりは一体何なのかと面食《めんく》らいながら紙袋《かみぶくろ》を差し出すと、一同の顔に恐怖《きょうふ》が走った。

次の瞬間《しゅんかん》、彼らは一斉にその場に土下座した。

「すいませんでした！　オレ、アニキのことを甘く見過ぎてましたッ」

「こんなにも凄腕《すごうで》の毒使いだったとは、おみそれいたしました！　一生ついていきます！」

「可愛《かわい》らしいお顔をして、やっぱアニキさんはすごい人っす。ますます尊敬っす！」

口々に叫ばれ、ミレーユは啞然《あぜん》としてその場に立ちつくした。

（……なんで？）

意味がわからなかったが、平素から彼らはどこか変な人たちだったので、あまり深く考えることなく流すことにした。

先を争うようにして舎弟たちが作ってくれた席に座り、あらためて一同を見回す。皆《みな》そろって寝込んでいるというから心配していたが、思ったより元気そうだ。どこか怯《おび》えた様子なのが気になると言えば気にはなるが——。

「アニキ、オレらがいない間、あのロジオンって野郎《やろう》のせいで迷惑《めいわく》してませんか？」

テオが心配そうに言うので、ミレーユは首を振った。

「ううん、大丈夫《だいじょうぶ》だよ」

「そっすか。アニキはモテモテっすからね……お体が保《も》つかどうか、心配っすよ」

「……いや、全然もててないよね？」

一体どのあたりを見てそう思われているのか不思議だ。第一、男ばかりの騎士《きし》団でもてもてになってもそれはそれで困る。

と、急に言いにくそうにテオが目をそらした。

「実は……オレ、ちょっと前から気づいてたんすけど……ルーディ様って……」

「ルーディが何？」

「あの……アニキのお姉様って聞いてますけど……、実はお姉様じゃないんじゃないすか？」

いきなり思わぬことを言われ、ミレーユはぎくっとして目を瞠《みは》った。騎士団の宿舎に戻《もど》ってきたルーディだが、相変わらず部屋に閉じこもったきり出てこないので、いるのかいないのかわからない。ミレーユもそれどころではなかったので気にしていなかったが、まさかここで非姉弟《きょうだい》疑惑を持ち出されるとは。

「な……何の話？」

まったく上手《うま》くないとぼけ方をすると、テオは真剣《しんけん》な顔で詰《つ》め寄ってきた。

「いいんす！　オレ、わかってますから。ルーディ様は……ほんとは、アニキの恋人《こいびと》さんなんでしょう!?」

「え。——えっ!?」

「大丈夫っす、誰にも話してないんで！　アニキなら、押しかけ女房《にょうぼう》的な恋人がいても不思議じゃないっすよ。ただ上のやつらに知られたらたぶん追い出されると思って、姉弟なんてことにしてたんすよね。あんな美人に惚《ほ》れられるなんて、やっぱアニキはかっけーっす！」

「いや、違——」

「何も言わないでください！　アニキは悪くないっす。悪いのはアニキを男前に造りやがった神様のヤローっすよ！」

真顔でフレッドのようなことを言い出した彼に面食らっていると、テオは少し面白《おもしろ》くなさそうな顔つきになって続けた。

「そういやアニキ、神殿《しんでん》行くんすよね？　ウォルターの野郎、最近なれなれしすぎやしませんか。一回シメとこうと思うんすけど」

「え？　なんで知ってるの。それ、さっき決まったばっかりなんだけど」

「あ、調べたんすよ。アニキの行動予定を把握《はあく》しとくのは、舎弟の務めっすから。ご心配なく、こいつらも全員でやらせてるんで、調査漏《も》れはありません！　ちなみにアニキの身辺警護も常にやらせてもらってるっす！」

「ちょっ……、なんてことしてんの⁉」

ミレーユは愕然《がくぜん》とした。それはつまり、常に誰かが周囲に張り付いている——言い方を変えれば監視《かんし》されているようなものではないか。まったく気づいていなかったが……。

敵は団長や大公の間者だけでなく、こんなところにもいたなんて。いつからそんなに張り付かれていたかはわからないが、よく女だと見破られずに今日までこられたものだ。

（……って、ちょっと待って）

「今、ウォルターって……？」

聞き流しそうになったが、確かにその名が出たはずだ。戸惑《とまど》って聞き返すと、テオはあっけらかんと答えた。

「はい！　あの眼鏡《めがね》のガリ勉野郎っす」

「……ってまさか、アレックスのこと？　ウォルターっていう名字なの？」

「はあ。それが何か？」

きょとんとしているテオをよそに、ミレーユは真剣な顔で黙《だま》り込んだ。それから急いで部屋を飛び出した。


（アレックスが、あのウォルター伯爵《はくしゃく》と同じ姓《せい》……！　それって偶然《ぐうぜん》!?）

これまではわざわざ姓や素姓《すじょう》を知ろうとはしなかったし、書記官室でも彼は名前で呼ばれていたから、まったくの初耳だった。

書記官室へと走りながら、これまでの彼との交流を思い出してみる。

思えば彼とは最初から奇妙《きみょう》な縁《えん》だった。川に浮《う》いていたのを真っ先に見つけてくれたのも彼だし、それを上に報告して、ミレーユが騎士団に居座る原因になったのも彼だ。そしてそれ以降ずっと世話を焼いてくれているし、助けてくれてもいる。——それらすべてが偶然ではなかったとしたら？

確かに、できすぎだと思うこともあった。最近で言えば、リヒャルトが物置部屋に訪ねてきた時のことだ。乱入したジャックに見つかる寸前、アレックスがやってきてジャックを連れ出してくれたが、考えてみればいやに都合良く来てくれたような気もする。

（まさか……アレックスが大公側の間者……!?）

そんな思いが脳裏《のうり》をよぎったが、しかしそうだとすると、ミ、レ、ー、ユの周囲に張り付いているのはおかしい。間者とやらは団長のジャックを監視するために潜《ひそ》んでいるのだろうから。

（とすると、ウォルター伯爵の命令であたしのことを見張ってるとか？　一体、ウォルター伯爵って人はあたしをどうしたいわけ？）

少し踏《ふ》み込んだだけで疑惑が次々に浮上《ふじょう》し、混乱してくる。とりあえず目の前の謎《なぞ》を明らかにするため、ミレーユは書記官室へと駆《か》け込んだ。

部屋の隅《すみ》の机に陣取《じんど》って書き物をしているアレックスを発見し、さりげなく近づく。

「アレックス、今忙《いそが》しいかな？」

「いや、いいよ。急ぎの仕事じゃない」

「あ、手は止めないで、そのまま聞いてくれていいよ。ただの世間話だから」

そう言うと、彼は素直《すなお》に言葉に従い、またペンを走らせ始める。ミレーユはしばしそれを観察していたが、やがて意を決して口を開いた。

「ねえ、アレックスってさ……、ウォルターっていう名字なんだね」

「ああ、うん」

「それってさ……、あのウォルター伯爵と関係あったりするの……？」

「ああ。まあね」

あっさりと彼はうなずいた。あまりにもあっさりすぎてミレーユは逆に戸惑ってしまった。そんなに簡単に認めるなんて予想外だ。

「ふ、ふぅん。どんな関係？」

さりげなさを装って訊《たず》ねると、彼はあやしんだ様子もなく答えてくれた。

「遠い親戚《しんせき》だよ。と言ってもあっちは大貴族でうちは傍系《ぼうけい》だから、交流は全然ないけど」

「へえ……。じゃあ、伯爵と会ったことはないの？」

「いや、ある。二年……三年くらい前だったかなぁ。いきなり訪ねてきたんだよ。アゼルレイド公子が僕に会いに来たって噂《うわさ》をききつけて、探《さぐ》りにきたらしい」

「……公子？」

「前大公殿下の五番目の息子《むすこ》。知ってるかな、八年前に追放《ついほう》されて行方《ゆくえ》不明になってるんだけど。僕ら、初等科で同級生でさ」

ミレーユは息を呑《の》んだ。確か前の大公には六人の息子がいたはずだが、自分と同年代のアレックスが同級生ということは、その公子というのはキリルのことかもしれない。彼もミレーユと同い年か一つ年上くらいの年頃《としごろ》だった。

「ひょっとしてその公子様って、バイオリンが得意な……!?」

「ああ、そうそう。それであの不良が仲間扱《あつか》いしてよく絡《から》んでてさ。気の毒だから僕はいつも庇《かば》ってやってたんだ。大人しそうな人だったしね」

間違《まちが》いない、と思った。きっとそれはキリルのことだ。思わぬところから手がかりを見つけ、ミレーユの胸は高鳴った。動揺《どうよう》を隠《かく》し、平静を装って話を続ける。

「公子様なのに、学校に通ったりするんだね」

「王太子以外の公子は皆そうだよ。もちろん寄宿はしてないし、授業も朝から晩まで受けるわけじゃないけどさ」

ごくりと喉《のど》を鳴らし、ミレーユはなおもさりげなく訊ねた。

「会いに来たって言ってたけど、どういうこと？」

「その第五公子がさ、急に僕を訪ねてきたんだよ。近くまで寄ったから、とか言って」

「えっ……!?」

絶句するミレーユを見て、アレックスは少し笑った。

「まあ、驚《おどろ》くよな。大公に追放されてる身で随分呑気《ずいぶんのんき》だなって、僕も呆《あき》れたけど。もちろん、僕は友情を慮《おもんぱか》って誰《だれ》にも言わずにいたんだけど、使用人か、家族の誰かが漏らしたらしい。ウォルター伯爵が話を聞きつけて事情聴取《ちょうしゅ》にきたんだ。これは私的な聴取で、大公にも誰にも言わないから、公子がどこにいるのか教えてくれ、って」

少なくともキリルはその時点までは無事で、それも自由に動き回れる状態にあったようだ。それにしてもウォルター伯爵が彼のことを捜《さが》していたらしいのは気になる。

「それで、教えたの？」

「まさか。彼がどこにいるのかなんて、僕も聞いてなかったし。ふらーっと立ち寄って、ふらーっと帰っちゃったからさ。ま、あの調子で今も無事でいればいいんだけど」

「……」

ミレーユもその意見に同感だったが、今は呑気にそんなことを噛《か》みしめている場合ではない。

ウォルター伯爵という、リヒャルトに関する重要人物がキリルと接触《せっしょく》をはかろうとしていた。それにはどんな意味があるのだろうか。

(キリル……。ヒースの話じゃ、急にいなくなって行方がつかめないらしいけど……。まさか、ウォルター伯爵に捕《つか》まってるとか……!?)

キリルもリヒャルトの無実を証明できる一人だし、大公にしてみれば目障《めざわ》りな存在だろう。もし伯爵が大公の命令でキリルを捜し、その行方をつかんでいたとしたら——。


書記官室を出たミレーユは、ロジオンを捕まえると急いで物置部屋に連れ込んだ。たった今アレックスから聞いた話を息せき切って披露《ひろう》する。かなりの重要な情報をつかめたという思いでいっぱいだったのだ。

しかし聞き終えたロジオンは、平静な顔のままこう言った。

「アレックス卿《きょう》とウォルター伯爵の関係は、すでに存じています」

「……え。知ってたの？　アレックスやテオが第五公子と同級生だったってことも？」

「は。ここへ入る前、隊士全員の素姓を調べました。すべて頭に入っています」

がっくりとミレーユは肩《かた》を落とした。考えてみれば、ロジオンは第五師団への潜入《せんにゅう》任務を任されているのだから、それくらいの下調べはとっくにやっているだろう。そんな基本的な情報を手に入れて喜んでいた自分は何だったのかと、落ち込みながらつぶやく。

「なんだ……。じゃあ、アレックスのところに五番目の公子様が来た話も知ってたんだ……」

「いえ。それは知りませんでした」

ロジオンの声が硬《かた》くなったので、ミレーユは驚いて顔をあげた。彼の瞳《ひとみ》に浮かぶ光がいつになく鋭《するど》い。

「第五公子アゼルレイド殿下《でんか》の行方は、現時点で誰もつかんでいないはず。そこにウォルター伯爵が絡んでいたとなると、これは大事です。すぐに若君にお知らせせねばなりません」

「それで、伯爵より先に見つけ出すってわけね？」

ぱっと喜色満面になるミレーユにうなずき、ロジオンはうやうやしく頭《こうべ》を垂れた。

「そのような重大情報を探ってこられるとは、さすがミシェル様です。感服いたしました」

「そんな、大げさな……。アレックスが間者かもしれないと思って探りにいっただけなんだってば。じゃ、アレックス間者説はナシってことでいいのね？」

あの後、詳《くわ》しく話を聞いてみたが、アレックスの一家とウォルター伯爵は微妙《びみょう》な関係のようだった。男爵《だんしゃく》だった父が現大公の即位《そくい》に逆らって左遷《させん》され、領地まで奪《うば》われて没落《ぼつらく》したために研究者への道を諦《あきら》めることになった彼にしてみれば、現大公に乗り換《か》え、側近としてときめいているウォルター伯爵は、「義を忘れた不忠者」らしい。そんな人より、不器用で世渡《よわた》り下手《べた》だけどよっぽど清々《すがすが》しい生き方だと父親を評しているのを見て、彼のことは信頼《しんらい》してもいいような気がした。

「は。彼については私も当初疑惑《ぎわく》を抱《いだ》いていましたが、何も出てきませんでした。あなた様に対する異常な親切ぶりも、単なる彼の性分《しょうぶん》でしょう。ご安心ください」

「じゃあ、リヒャルトが訪ねてきた時、団長を連れ出してくれたのも単なる偶然？」

「あれは私がアレックス卿に情報を流したため、彼が急遽《きゅうきょ》あの場に向かったのです。彼ならミシェル様にとって不利になる状況《じょうきょう》は捨て置けないはずですので」

「え、そうだったの？」

道理でいやに計ったような頃合《ころあ》いで現れたはずだ。確かに、彼の性格からして唯一《ゆいいつ》の盟友を放ってはおけないだろう。それを見抜《みぬ》いたロジオンにしっかり利用されているのは、少し気の毒ではあったが。

「それとね。もう一つ言いたいことがあるの」

気を取り直して、神殿《しんでん》への潜入任務について打ち明ける。団長が神官長へ密書を届けようとしていること、その密使役に立候補して認められたこと、劇団に潜《もぐ》り込み女の子として神殿へ向かうこと——。

「わかりました。私もお供します」

聞き終えるなり、ロジオンは当然のように言った。相談もなく勝手に決めたことを怒《おこ》る素振《そぶ》りもなかった。

「でも、あたしが潜り込む劇団って、女の子しか募集《ぼしゅう》してないのよ。ロジオンには女の子役は無理そうだし……」

違和感《いわかん》のありすぎる彼の女装姿を想像して申し訳ない気持ちになっていると、彼は生真面目《きまじめ》な顔で口を開いた。

「ご心配には及《およ》びません。変装任務には慣れております」

「え。──けど、女装よ？　女の子の恰好《かっこう》するのよっ？」

「喜んで」

少しも動じず言うので、これは本気のようだと悟《さと》ったミレーユは急いで言葉を継《つ》いだ。

「けどね、あたしたち、始終くっついてたら余計に団長からあやしまれるかもしれないじゃない？　今のところ団長が疑ってる候補はあたしだけだろうけど、あなたまでとばっちり受けたら本当の任務ができなくなるわ。だから今回はあたし一人で行こうと思う」

事前に言わなかったのはその思いがあったからでもある。急にロジオンの眼光が鋭くなったので、ミレーユは多少怯《ひる》みながらも続けた。

「実はね、さっき知ったんだけど、どうやらあたし、テオと舎弟《しゃてい》一同に四六時中見張られてたみたいなの。悪気はないみたいだし、もうやめるよう言ったけど、そっちに関しても気をつけたほうがいいと思うのよね」

するとロジオンはますます目つきを鋭くし、剣《けん》の鍔《つば》に指をかけた。

「全員消しますか？」

「へ？　いやっ、だめよ消しちゃ！　なんて物騒《ぶっそう》なことをさらっと言うのよ、あなたは！」

「若君とミシェル様の御《おん》ためならば、何者であろうと排除《はいじょ》します」

「だめだってば！　大丈夫《だいじょうぶ》だから、あの人たち悪い人じゃないし！」

真顔で言う彼に肝《きも》を冷やしつつ言い聞かせ、ミレーユは話を続けた。

「大丈夫、アレックスと副長も一緒《いっしょ》だから。隙《すき》を見て神官長様に探《さぐ》りを入れてみるわ」

「いえ、やはり私も行きます。あなた様の身辺警護も私の任務です。任務を怠《おこた》るわけにはまいりません」

ロジオンは引くことなく言い放ち、表情を変えず付け加える。

「しかしながらミシェル様の仰《おっしゃ》ることも一理あります。ですので上には申し出ず、極秘《ごくひ》に神殿へ入ります」

「そんなことできるの？」

「は。必ず後から潜入します。常にお傍《そば》にいるようにしますので、ご安心ください」

一体どんな手を使ってやるのかわからなかったが、彼がそう言うと簡単にやれそうに思えてくるから不思議だ。頼《たの》もしさを感じ、ミレーユはその案を受けることにした。

「じゃあ、お願いするわ。——そうだ、もう一つ気になることがあるんだけど」

いつも持ち歩いている潜入記録帳を服の下から取り出す。最初の頁《ページ》に挟《はさ》んである封書《ふうしょ》は、エルミアーナに宛《あ》てた手紙だった。素姓《すじょう》を告白し損《そこ》なった一件以来、彼女とは会えていない。

「なんとかお手紙だけでも渡《わた》せたらと思うんだけど……。このままあたしがミレーユだってことを知らずにいたら、エルミアーナさまはずっと振《ふ》り回されっぱなしになっちゃうでしょ。そもそも、大公に命を狙《ねら》われるきっかけになったのは、あたしに会うために宮殿《きゅうでん》を抜《ぬ》け出されたからだし。まあ、今は団長がしっかり守ってくれてるみたいだけど……」

隊内に間者がいることを警戒《けいかい》しているのか、ジャックはエルミアーナの新しい部屋を教えてくれない。何度か探りを入れてみたが笑顔《えがお》でかわされただけだった。

いっそのこと事情を話して、第五師団ごと味方につけてはどうかとも思うのだが、どこからリヒャルトの存在が大公側に流れるかわからないからとロジオンに言われて、思い切った行動に出られずにいる。何しろ団長は大公の間者に監視《かんし》されているのだ。

「若君も公女殿下を保護するよう努めていらっしゃいますが、ヴィレンス卿の監視が厳しいためお連れするのが難しい状態です」

「そうなのよね。団長って意外と抜け目ないっていうか……、って、ちょっと待って。ロジオン、まさかエルミアーナさまがどこにいらっしゃるか知ってるの!?」

勢い込んで問《と》い詰《つ》めると、ロジオンは落ち着き払《はら》った様子でうなずいた。

「は。調べ出しました」

「なっ……、それを早く言ってよ！　そうとわかれば、今から会いにいくわよ。それでリヒャルトのところに宝剣《ほうけん》ごと連れてってあげたら問題解決じゃないの」

「お待ちを。公女殿下はヴィレンス卿の傍《そば》におられます。接触《せっしょく》すれば間者の目に留まるかもしれません。その件についてミシェル様が動かれるのは危険を伴《ともな》います。私にお任せ下さい」

「でも、あたしだって――」

言い返そうとしたミレーユは、ふと我に返り、思い直して続けた。

「……そうね。ロジオンに行ってもらったほうがいいわね」

急に態度を翻《ひるがえ》したのを、ロジオンが怪訝《けげん》そうに見る。ミレーユは少し躊躇《ためら》ってから続けた。

「あたしがあんまり目立ったことすると、リヒャルトが気にするんでしょ？　この前だって、騎士《きし》団のまっただ中だっていうのにあたしの部屋に忍《しの》び込んできたりしたし。それってほんとはすごく危ないことなんでしょ。あたしのせいでリヒャルトが危険な目に遭《あ》ったら、手助けにきてる意味がないわ。──それに、あたしよりロジオンがやるほうが絶対うまくいくだろうし」

いじけているわけでも卑屈《ひくつ》になっているわけでもなく、それが事実なのだというのはわかっていた。彼のことを考えるとじっとしていられない気持ちはあるのだが、邪魔《じゃま》だと思われるのは嫌《いや》だし、実際に邪魔をしてしまうのも避《さ》けたい。

「けど、それと神殿のことは話は別よ。あたしは何としても神官長様に会うわ。止《と》めても無駄《むだ》よ。あと、できればウォルター伯爵《はくしゃく》にも会ってみたいわ。目的を知りたいしね」

重々しく言われ、特に止めた覚えもなかったロジオンは、じっとミレーユを見つめ返した。

「あなた様がどれほど無茶《むちゃ》をなさろうと、何があっても私がお守りします。若君も、あなた様のそういうところに惹《ひ》かれておいでだと存じ上げておりますので」

「……えっ？」

「たとえ火の中水の中でも、地獄《じごく》の果てであろうともお供いたします。そこまで若君を想《おも》っていらっしゃる方のためなら命もささげる覚悟《かくご》です」

「いや、地獄とか、そういう危ないところには行かないから大丈夫……、ていうか、別にリヒャルトのためにやってるわけじゃないんだから、命とかささげないでいいのよ！　あたしはただ、リヒャルトに復讐《ふくしゅう》するためにやってるんだから。出し抜きたいだけなの！」

復讐の炎《ほのお》はまだ燃えているというのに、そんなふうに言われては動揺《どうよう》してしまう。むきになって宣言すると、ロジオンは少し黙《だま》り込み、やがてあらたまったように口を開いた。

「若君をお恨《うら》みにならないでいただけますか。あのように頑《かたく》なになっておられるのには理由があります。少し、時機が悪かったのです」

「時機って……何の話？」

「シアランに入ってすぐ、潜伏《せんぷく》場所に刺客《しかく》が入り込みました。裏切り者が出たのです。若君はご無事でしたが、周りの者がやられました」

「……その人は？」

ロジオンは答えなかった。ぞくりとしたものを感じ、ミレーユは思わず両手を握《にぎ》り合わせた。

「ミシェル様の行方《ゆくえ》がわからなかったことも相まって、かなり神経質になっておられました。そのような時でしたから、若君としても、あなた様をお傍に置くことを躊躇ったのでしょう」

「……」

「あの方は今まで多くのものを失ってこられました。それであなた様のことも、追いかけてきてくれて嬉《うれ》しいという気持ちよりも先に、失いたくないという思いがくるのだと思います。あなた様のことを本心から邪魔だと思っておられるわけではありません」

淡々《たんたん》とした彼の言葉に、ミレーユは心が落ち着かなくなるのを感じた。

一緒《いっしょ》にいると危険だと言われてもあまり実感がなかったが、そんな事情があったなんて。自分の気持ちを主張するのに精一杯《せいいっぱい》で、その裏に何があるのか察してあげようとしなかった。

（そんなこと言われたら、ますます帰るわけにいかないじゃない……）

リヒャルトがそんなに嫌《いや》だというなら、もう傍にいたいなんて言うのはやめよう。ただでさえ大変な時にこれ以上負担をかけたくない。だがそれでもアルテマリスに帰るのは嫌だった。帰ったら、二度と会えないような気がするのだ。

「うん……わかった」

なんと答えていいかわからなくて、ミレーユはとりあえずそれだけ口にした。

気を取り直し、アレックスから仕入れた情報を記録しておこうと潜入《せんにゅう》記録帳をめくる。と、書きかけの頁より数枚後ろの未使用の頁に、何か書いてあるのに気がついた。

（……ん？　こんな中途半端《ちゅうとはんぱ》な場所、書き込んだ覚えないけど……）

怪訝に思いながらそこを開いたミレーユは、どきりと胸が波打つのを感じた。

『危ないことはしないで』

たった一行、そう書いてある。それは見慣れたリヒャルトの字だった。

咄嗟《とっさ》にどんな反応をしていいかわからなかった。いつ書き込まれたのだろう。これを見られていたなんて。散々罵声《ばせい》を浴びせておきながら、陰《かげ》ではこうして情報を集めていると知って、彼はどう思っただろうか。——なんだかひどく決まりが悪くて、顔が熱くなる。

癖《くせ》のない、綺麗《きれい》で穏《おだ》やかな筆跡《ひっせき》。まるで書いた本人を表しているかのような。

そう思ったら胸が詰まったような感覚がして、しばらくそれから目が離《はな》せなかった。

ずっと昔、家族で訪《おとず》れたことのあるこのイルゼオンの離宮《りきゅう》には、亡《な》き父が教えてくれた隠《かく》れ部屋がある。

大公家の者しか知らないというその部屋は、迷路《めいろ》のような隠し通路を抜けたところにあった。すなわち、現在滞在《たいざい》しているこの場所だ。

病弱な妹をおぶって一緒《いっしょ》に探検したことなどを記憶《きおく》の隅《すみ》からぼんやりと呼び起こしながら、リヒャルトは書簡の整理をしていた。

旧王太子派の貴族や、父に仕えていた者たちと交《か》わした手紙。帰還《きかん》したことをまだ公《おおやけ》にしていないため、やりとりはもちろん内密に行っている。帰還の名乗りをあげればもっと容易《たやす》くできることも、今の状況《じょうきょう》ではなかなか難しい。

表向き、王太子は貴族令嬢《れいじょう》殺害容疑で国外追放《ついほう》されている。その嫌疑《けんぎ》を晴らさなければ、正式に復権するのにも支障があるだろう。そのために何としても神官長と連絡《れんらく》を取らねばならず、それまでの拠点《きょてん》としてこの離宮に隠れ住んでいる。

正々堂々、陽《ひ》の下を歩ける身分になれたら、また心持ちも変わってくるのだろうか。書簡の束からはずしておいた一通の封書を見て、ふとそんなことを思う。

ミレーユを訪ねていった夜、彼女にたたきつけられた『果たし状』。だが、どんな悪口雑言が並んでいるのだろうと開けてみたそれは、まったくもって果たし状などではなく――おそらくは中身を間違《まちが》えて封《ふう》をしてしまったのか――故郷の家族に宛てられた手紙だった。

〈リヒャルトが大公様になるのを見届けたらちゃんと帰るから、心配しないでください〉

家出したことを詫《わ》びる文言の後に、そんな一文がしたためられている。それを見た時、妙《みょう》に納得《なっとく》してしまった。

自分を大公にするため、その手助けがしたいという純粋《じゅんすい》な一心だけでここまで来てくれている。だが、その後、大公になった自分とのことについては考えていない――というより、考えられないのだろうとは思っていた。コンフィールド城で会った時、結婚《けっこん》話を受けろと言ってくれたことも良心のみから出た言葉で、本当にその話を受けたらどうなるかというところまではおそらくわかっていない。そんな人だからこそ巻き込みたくなかったのだ。

傍にいたいと言ってくれた気持ちと、家族のもとに帰るつもりでいること。相反する二つを、彼女はどちらも欲しがっている。彼女の中ではおそらく、その二つは両立しているのだ。

だが実際には、どちらか一つしか与《あた》えてあげられない。どうしたら願いを叶《かな》えてあげられるだろう。――そう考える度《たび》、ミレーユから大切なものを奪《うば》う覚悟が自分にはできていないことを思い知るのだった。

『そんなに、あの娘《むすめ》のことが好きか』

国を出る許しを請《こ》いに行った時、国王に言われた言葉がよみがえる。リヒャルトは封書《ふうしょ》を見下ろして、じっと考え込んだ。

「──若君」

背後で低い声がして、ロジオンが定期報告にきたのだと気づく。物思いに沈《しず》んだまま、振《ふ》り返りもせず口を開いた。

「ミレーユは元気か？」

「は。いつも通りお元気です」

ロジオンは簡潔に答え、エルミアーナの居所を突《つ》き止めたこと、第五師団長のジャック・ヴィレンスが神殿《しんでん》に密使を送り込むことを報告した。兄弟姉妹の中で、セシリアをのぞいて唯一《ゆいいつ》行方がわかっている妹をようやく保護できそうだとリヒャルトは安堵《あんど》したが、第五師団長と神殿の件は気にかかった。こちらにも神殿から密使が来ているが、偶然《ぐうぜん》ではないだろう。

「ヴィレンス卿《きょう》の周囲にいるという間者については、何かわかったのか」

「まだです。書記官の一人が個人的に探《さぐ》っているようですが」

一通り報告を終えると、ロジオンは思い出したように付け加えた。

「それから若君、申し訳ありません。若君よりお先に、ミシェル様に愛の告白をしてしまいました」

リヒャルトは驚《おどろ》いて目線をあげた。

「何……？　そこまで親しくしろとは言ってないぞ」

「あくまで任務上のことですが、ミシェル様をお守りするためとはいえ、申し訳ありません」

「任務上……。──ヴィレンス卿にあやしまれたのか」

もしやと思って訊《たず》ねると、ロジオンは無言のままうなずいた。自分の不用意な行動のせいでそうなったと気づき、リヒャルトはため息をついた。

「……わかった。くれぐれも無茶《むちゃ》をしないよう見ていてくれ。明日から神殿に入るのに、ミレーユのことを考えると心配で落ち着かない」

「ロジオン、あの令嬢の名を出すな。若君の頭痛の種にしかならんというのに」

それまで黙って控《ひか》えていたルドヴィックが、いかめしい顔つきで口を開いた。ロジオンは淡々としたまま目線を移す。

「ですが、若君にとって大切な方です」

「いいや、私にはわかっておりますぞ、若君。覚えておいでですか。昔、金茶の毛並みの子犬を飼っておられたでしょう。ミレーユ嬢はあの子犬にそっくりなのです。ちょろちょろしているところや小うるさいところが特に……！　それでこだわっておられるだけなのでしょう」

書簡の整理を再開しながら、リヒャルトはため息をついた。

「犬って……。おまえは何を言ってるんだ」

「では、同じ頃《ころ》に飼っていたリスのほうですね？　あれも食い意地の張った小動物で、若君に餌付《えづ》けされて大変懐《なつ》いておりましたが――」

大まじめに言う従者に、さすがに眉根《まゆね》を寄せて振り返る。

「いい加減、失礼なことを言うのはよせ。彼女の何が気に入らないんだ」

「では逆にお聞かせ願えますか。若君はあの令嬢のどこを気に入っておいでなのです」

悪びれた様子もなく聞き返され、リヒャルトは考え込んだ。そういえば、あらためてそんなことを考えたこともなかったが――。

「……純情可憐《かれん》なところかな」

最初に浮《う》かんだ長所をつぶやくと、ルドヴィックがしかめっ面《つら》のまま目をむいた。

「話してると癒《いや》されるし、心が洗われる。それでいて振り回されるから、楽しくて夢中になるというか……」

「わ、若君⁉」

熱がおありなのですねすぐに医者にかかりましょうと慌《あわ》てた様子で騒《さわ》ぎ出すのを気にせず、リヒャルトはふと窓の外の夜空を見上げた。

シアランを追われたのは八年前の二月のことだった。一年でもっとも雪深く、自分にとっていまわしい季節だ。――その二月が、もうすぐ来る。

粉雪の舞《ま》う暗い窓の外を見つめていると、暖かな灯火を求めたくなる。だが、兄と呼ぶのも認めたくない男と、優《やさ》しかった従姉《いとこ》の白い顔を思い出す度、それを求めることすら許されないような気がしてくるのだ。


大公宮殿《きゅうでん》に新しい大公妃《ひ》となる令嬢が入った、翌日のこと。

花嫁を迎《むか》える使節団の代表と腹心の大臣を呼んだ大公ギルフォードは、冬枯《ふゆが》れの景色に浮かぶ真っ青な湖を眺《なが》めたまま切り出した。

「ミレーユ姫の兄の伯爵《はくしゃく》は、まだイルゼオン離宮にいるな?」

「はい。こちらにまでついていくと仰《おっしゃ》いましたが、姫がお止めになったようです」

「エルミアーナは?」

「公女殿下《でんか》も、まだあちらに」

「では、親衛隊をイルゼオンに送れ」

表情もなく命じる彼に戸惑《とまど》い、使節団の代表は返事に窮《きゅう》した。大公が秘密親衛隊を動かす時は決まって物騒《ぶっそう》なことが起こるのを知っていたからだ。

代わってうなずいた大臣は、大公のその手の命令には慣れた様子だった。

「何をさせましょう」

「イルゼオンに不吉《ふきつ》な影《かげ》が見えると占術《せんじゅつ》に出たらしい。恐《おそ》ろしい話だ……」

ため息混じりにつぶやいた大公は、手元に生けてあった百合《ゆり》の花を握《にぎ》りつぶした。

「影を消すため離宮を燃やす。――焼き払《はら》え」

第四章　シアラン神殿

青々とした山脈を背景に、その青さを映す湖がある。

その真ん中に浮かぶ断崖《だんがい》の孤島《ことう》に白亜《はくあ》の古城が建っていた。シアランの二十一柱の守り神を奉《まつ》った『神殿』と呼ばれる場所である。

唯一の連絡《れんらく》通路は、岸から一直線に延びた桟橋《さんばし》だ。仕掛《しか》け橋になっており、朝八時と昼三時の一日二回の開通時間以外、岸辺側の三分の二は水に沈められ、神殿側の三分の一は跳《は》ね橋《ばし》となって巻き上げられることになっている。

橋の先には大門があり、そこで出入りする者を記録することになっていた。普段《ふだん》はせいぜい食料などを運び込む商人くらいなものだが、奉納《ほうのう》芸術祭の期間には何百単位の人が押し寄せるため、記録係も大忙《おおいそが》しのようだった。しかも傍《そば》には厳《いか》めしい顔つきの兵が並んでいて、劇団の申告人数が退出時に違っていたら厳罰《げんばつ》を申《もう》し渡《わた》す、とだみ声で叫《さけ》んでいる。

「……神様を奉ってるところだからっていうのはわかるけど、ちょっと厳しすぎない？」

無事に劇団員として神殿への潜入《せんにゅう》に成功したミレーユは、所属劇団の控え室へ向かいながらつぶやいた。

廊下《ろうか》も柱も壁も、すべてが真っ白でつるつるとした石から作られた美しい神殿だったが、そのあちらこちらには黒い服に身を包んだ男たちが尊大な態度で目を光らせている。赤い羽根のついた黒い帽子《ぼうし》には見覚えがあった。歓迎《かんげい》式典の夜にエルミアーナを攫《さら》おうとした、大公の秘密親衛隊とやらの制服だ。

「先代の大公殿下の時は、こんなふうじゃなかったはずだ。一日二回しか橋が開通しないのは前からだけど、昔はこんなに無粋《ぶすい》な警備兵はいなかったらしいよ」

彼らに聞こえないように、アレックスが小声で答える。ミレーユはさりげなく秘密親衛隊の姿を見ながらうなずいた。

(やっぱり……。大公がそんなにきつく見張ってるのは、ここに自分に都合の悪い人たちがいるからなんだわ)

三日間行われる奉納芸術祭のうち、初日の今日は神話劇を奉納する日である。二十一柱の神それぞれに個別の劇団が劇を奉じるのだが、舞台《ぶたい》が一つしかないため上演時間はかなり限られている。だが芸術祭に招かれてその神の物語を演じるというのは、劇団にとってはかなり名誉《めいよ》なことのようで、どの劇団も短時間の劇のために必要以上の装飾《そうしょく》を施《ほどこ》し、人手を集めて演出するということだった。おかげでミレーユたちも潜入することができたのだ。

奉納劇を終えた後は控え室に移り、基本的に自由に過ごすことができるという。ミレーユたちはその時間を利用し、イゼルスと合流して神官長に会いに行くことになっていた。

「あー……。なんか死にたくなってきた」

アレックスが荒《すさ》んだ目つきでつぶやく。ミレーユが女装での劇団潜入を団長に進言したせいで、それに巻き込まれた形の彼も当然女装させられているのだ。劣等感《れっとう》を刺激《しげき》されまくりでやさぐれている彼の肩《かた》を、ミレーユはそっとたたいた。

「そう言わないで。元気だしなよ。めったに入れないところに入れて、ついてるじゃない」

今日のミレーユは、長い三つ編みの房《ふさ》がついた鬘《かつら》をかぶり、町娘《むすめ》の服を着ている。まるで下町時代に戻《もど》ったかのような恰好《かっこう》だ。近頃《ちかごろ》はずっと男装だったし、女装した時はきらびやかなドレス姿がほとんどだったので、こんな恰好をするのはものすごく久しぶりな気がした。

「君はいつも元気だよな……。男としての存在意義が揺《ゆ》らいだりしないのか？」

心なしかやつれた顔でアレックスが言うので、ミレーユは目を伏《ふ》せた。

「そんなことない。落ち込んでるよ。ルーディが付け胸を貸してくれなくてさ……」

「そっちかよ⁉　どこまで完璧《かんぺき》主義者なんだ君は！」

目をむく彼をよそに、ミレーユはため息をつく。またあの素晴《すば》らしい感触《かんしょく》が味わえると思ったのに、ルーディは「そう毎回貸してもらえると思ったら大間違《おおまちが》いよ」と言って取り合ってくれなかったのだ。

「副長は別の劇団に潜入してるんだよね」

「ああ。自分だけいいよな。僕も道具係がよかったよ。大体おかしいんだよ、女装とか……」

またやさぐれ始めた彼を、まあまあとなだめながら、ミレーユは人でごった返している回廊《かいろう》を見渡《みわた》した。

（ロジオンは来てるのかしら……）

ざっと見た限りでは彼らしき人は見あたらない。だが必ず傍で見ていると言ったからには、何としてでもやってくるだろうと信じていた。

「けど、変だよな。副長が密使に立つなら、何も僕たちが同行しなくてもよかったんじゃないか？　最初にあの不良を推《お》してた時は、副長は同行する素振《そぶ》りなんて見せなかったのにさ」

怪訝《けげん》そうなアレックスの言葉に、ミレーユも考え込む。言われてみれば確かにそうだ。

ようやくそこに気づいたものの、とにかく神殿《しんでん》に入れたという事実が頭の中を大きく占《し》めているミレーユには、副長の行動に隠《かく》された意図があるのかどうか考えたところで読み解けるはずもない。

同じ劇団の女性が、奉納劇の最終練習をすると呼びにきたため、ミレーユは首をかしげながらもアレックスとともにそちらに向かったのだった。

正直なところ、団長は迷っているのではないかという気がイゼルスはしていた。神殿への潜入任務にミシェルの立候補を採用した時、イゼルスは反対した。神殿は文字通り孤島である。もし本当にミシェルが大公の間者だったとしたら、神官長に害を与《あた》える可能性もなくはないからだ。

『だから、おまえを監視《かんし》役につけるんだろ。餌《えさ》を並べてやったんだ、必ず今度こそ尻尾《しっぽ》を出すぞ。ちゃんと見張っていろよ』

事も無げに言った彼に、あの時自分が投げた問いはもっともなものだったと思う。

『間者だとお疑いなら、捕《と》らえて尋問《じんもん》したほうが早いのではありませんか？』

泳がせて監視していても、ミシェルは肝心《かんじん》なところで正体を見せようとしない。行動はあやしいことだらけなのに、結局彼が何者なのか、こちらはつかめていないのだ。

現実的な指摘《してき》をされて、団長はやっと白状した。

『おそらく、大公の間者は書記官の誰《だれ》かだ』

そう聞いてまず思い浮《う》かべたのは、話の流れからしてもミシェルの顔だった。彼を書記官室に配属させたのは情報を流させるためとその経路を知るためだったが、偽《にせ》の情報をそれとなく提示しても見向きもしなかった。見極《みきわ》める目を持った相当の手練《てだ》れだと、団長が闘志《とうし》を燃やしていたことを思い出す。

『実はな、その件についてはミシェル以外の者の可能性が高い。が、ミシェルの仕業《しわざ》という線も捨てきれない。それで双方《そうほう》に罠《わな》を仕掛けることにした。ミシェルが神殿に行っている間にこちらで何かあれば、やつが間者か否《いな》かも判明するだろう』

『しかし、共犯という可能性もあります。ミシェルが密使に立候補してきた時の勢いをご覧になったでしょう。その理由も不透明《ふとうめい》すぎます。無闇《むやみ》にこちらの手の内を明かさないほうがいいのでは』

『尋問したところで、あれは絶対に吐《は》かないさ。そういう目をしている。それなら、うっかりドジを踏《ふ》むのを待ったほうが容易《たやす》いと思うぞ。ま、しっかり張り付いていてくれ』

そういう輩《やから》に吐かせることくらい、団長にできないわけがない。それをしないということは、やはり迷っているとしか思えなかった。

(よっぽどお気に入りらしい――)

イゼルスは、そっと背後へ目を向けた。神官長の私室に通されて以降、ミシェルは物珍《ものめずら》しそうにちらちらと視線を走らせている。間者にあるまじき落ち着きのなさだ。本人はこっそりやっているつもりのようだが、室内を観察しているのは明白だった。

長い三つ編みのふさが二つついた鬘をかぶり、女物の服を着ている今は、どこをどう見ても少女にしか見えない。これで騙《だま》しているつもりなのかと時々疑問を感じるが、実際隊内であやしむ者がいないのだから、変装は成功していると言っていいのだろう。

(だが、男所帯にわざわざ来ておきながら女であることを武器にしていない。誰が何のために送り込んできたのだろう)

一体、彼女はどこの何者なのか。それがわかれば、間者か否かの謎《なぞ》も解けそうなものだ。正直、大公の間者云々《うんぬん》より、なぜ女の身でやって来たかの方が気になっていた。

(そろそろ、気づいていない振《ふ》りを続けるのも馬鹿《ばか》らしくなってきたんだが……)

神官長が奥の帳《とばり》をかきわけて部屋へ出てくる。それを見たイゼルスは軽く礼をとった。

女だと暴露《ばくろ》すれば、男だらけの隊内でどんな騒《さわ》ぎが起こるかわからない。あくまで部下たち

を守るために素知らぬふりを通すことにして、彼は神官長との対面に臨《のぞ》んだ。

既《すで》に日は落ち、篝火《かがりび》があちこちで焚《た》かれている。

真冬の夜の凍《こご》えるような冷気の中を、人々は忙《せわ》しなく行き来していた。今夜だけで少なくとも二十一もの劇団が神殿に招かれている。明日から行われる聖楽演奏のための楽団もいくつか来ているはずだから、人口はかなりの数にのぼるだろう。

そんな中、ミレーユはひそかに劇団の控《ひか》え室を抜《ぬ》け出した。もちろん、神官長と個人的な話をつけにいくためである。

所属劇団の奉納《ほうのう》劇は夕方のうちに終わってしまったので、劇団員たちは既に打ち上げと称《しょう》した宴会《えんかい》を始めてしまっている。控え室は他《ほか》の劇団と共同でかなり広いため、一人くらい途中《とちゅう》でいなくなっても気づかれないはずだ。男女別室だから副長はいないし、アレックスは女性だらけの中にいるのが忍《しの》びないらしく先に席をはずしている。

(よし、今のうちに!)

ついさっき辿《たど》ってきた道順を思い浮かべながら、ミレーユは回廊を走った。神官長の私室までの道のりはしっかり頭にたたきこんである。問題は、見張りの兵士らの目をどうやってごまかすかだ。一応ルーディからいくつか道具を借りてきているし、石ころを集めて拾っておいたので、これらでどうにかするしかない。

（それにしても意外だったわね……。幽閉《ゆうへい》されてるっていうからもっとひどい扱《あつか》いをされてると思ったのに、お部屋は普通《ふつう》だったし、神官長様も縛《しば》られてたりとかしてなかったし）

豊かな白ひげをたくわえた、優《やさ》しげな老人だった。ひどい目に遭《あ》わされていないようなのでほっとしたが、ならばなぜ幽閉に甘んじているのか、それがミレーユにはわからなかった。

（そのことについても聞いてみよう。それが解決できなきゃリヒャルトの無実を証明してくれないかもしれないんだし……、うわっ、と）

あれこれ考えながら走っていたら、角を曲がってきた若い女性に肩《かた》がぶつかってしまった。控え室近くのこの回廊は、人の出入りが激しいということをすっかり忘れていた。

「ごめんなさい！」

「いえ、こちらこそ」

慌《あわ》てて謝るミレーユに少し気取ったような声で応じ、彼女はすたすたと歩いていく。ミレーユも気にせずまた走り出そうとしたが、ふと何か引っかかって振り向いた。

見ると、彼女も足を止めてこちらを振り返っている。美しい銀髪《ぎんぱつ》の少女を見つめ、ミレーユは驚《おどろ》いて思わず声をあげた。

「シャロン!?」

それは、かつてアルテマリスの王宮で乙女《おとめ》歌劇団を立ち上げた仲間であるシャルロットその人だった。最初で最後の公演の夜、幼なじみの画家であるイアンと駆《か》け落ちした彼女は、今はシアランにいるはずだ。

叫《さけ》んだミレーユと対照的に、シャルロットは無言のまま目を丸くしてこちらを見ている。やがて足早に戻ってくると、ひょいと手をのばし、いきなりミレーユの胸をわしづかみにした。

「ちょっ……、ふぎゃ――――っ!!」

目をむいて叫ぶミレーユにかまわず、彼女は自分の掌《てのひら》をまじまじと見た。

「小さいけど本物だわ……。じゃああなた、本当にミレーユなの!?」

「そうだけど、そこで判断するのやめてくれない!?」

思えば初めて会った時も同じ事をやられたのだった。ミレーユは涙目《なみだめ》で訴《うった》えたが、シャルロットはそれどころではないらしい。

「だって、まさかこんなところで会うだなんて、フレッドかと思うじゃない。あなた、シアラン大公との結婚話《けっこんばなし》が持ち上がっているのでしょう？　ここで何をしているわけ？」

ぐっと声をひそめ、彼女は深刻な表情になる。ミレーユは辺りを見回し、知った顔がないことを確認《かくにん》してからうなずいた。

「結婚話なんか受けるわけないでしょ。そんなことより、シャロンこそどうしてここに？　シアランで女優になるんじゃなかったの？」

「ええ、もちろん。だからこうしてここにいるのでしょう。おかげさまであれからすぐにシアランに来て、イアンの伝手《つて》で劇団に入れたの。今日は神話劇のために招かれているのよ。それより、あなたの答え、答えになってなくてよ。なぜこんなところにいるの？」

「すごいじゃない、もう女優になる夢をかなえたなんて！　シャロンならやると思ってたわ」

ミレーユは目を輝《かがや》かせた。見れば、シャルロットはひらひらとした布地の綺麗《きれい》な衣装を身につけ、銀色の髪《かみ》を結《ゆ》い上げている。神話劇に出演していたのは一目瞭然《いちもくりょうぜん》だった。

「無邪気《むじゃき》に喜んでくれて嬉《うれ》しいのだけれど、そろそろ質問に答えてちょうだい。あなたひょっとして、結婚が嫌《いや》で家出してきたのじゃない？　フレッドとラドフォード卿《きょう》は、あなたを放《ほう》って何をしているの？」

「え……と、それは、ね……」

何から説明すればいいのやらと、目を泳がせながらもごもごと口ごもる。じぃっと観察していたシャルロットが、ふいににこりと艶《つや》やかに微笑《ほほえ》んだ。

「なんだか、いろいろ事情があるみたいね？　積もる話もあるし、場所を変えてゆっくり話しましょうか……」

「うっ……！」

彼女が抱えていた荷物の中からぬいぐるみを引きずり出すのを見て、ミレーユは懐《なつ》かしいやら恐《おそ》ろしいやらで目を瞠《みは》った。シアランへ来た今でも、故郷のまじない用ぬいぐるみは愛用中らしい。新調されているところから察すると先代は殴《なぐ》られすぎで引退したようだ。

その反応を見て満足したように、シャルロットはぬいぐるみに拳《こぶし》をたたきこんだ。

「もちろん、すべて説明してくださるわよね……？　嫌だと言うのなら、次はあなたのお腹《なか》がこんなふうにへこむことになりますわよ？」

（怖《こわ》っ！）

本気ではないだろうが、具体的に言われると恐ろしい。相変わらず脅《おど》しもお嬢様《じょうさま》ぶりっこも板についている彼女の美しい笑顔《えがお》を、ミレーユは青ざめながら見つめた。

明日あたり雪が積もるかもしれません、とその女性神官は言った。

気象学の学者がいるのかと問うと、おかしそうに笑いだす。

「殿下《でんか》、ここは神殿《しんでん》でございますよ。天気を読む能力のある者がいるのです」

「ああ……。なるほど」

リヒャルトはぼんやりと窓の外に目を向けた。ここは異能の者たちが集められている場所だとわかってはいるのだが、実際そんな不思議な現象を示されてもぴんとこないのが正直なところだった。

ランスロットの案内で神殿に入ってから、もう半日が過ぎた。神官長と対面するのは明日の夜だが、手引きするのに都合がいい日が今日しかないと主張され、明日までここで時間をつぶすことになってしまった。同行してきた部下たちも手持ちぶさたな顔つきで控えている。

「シャーウッド卿はどちらに行かれたのですか」

「ヒースなら、神官長様のところかと思いますわ。あの、殿下、お茶をお淹《い》れいたしましょうか。それとも御酒《ごしゅ》のほうがよろしいでしょうか」

「いや、結構です。あなたもどうぞ下がってください」

部屋に案内された時からずっと傍《そば》についている彼女は、かすかに頰《ほお》をそめた。

「お邪魔《じゃま》でなければ、今日だけでもお仕えさせてください。殿下がお戻《もど》りになって、わたし、嬉しいんです」

はにかんで申し出た彼女に、リヒャルトも微笑《びしょう》を返した。

「ありがとう。では楽にしていてください」

「はい、もったいないお言葉でございます、殿下」

嬉しげな声を聞きながら、窓の外に目線を戻す。篝火《かがりび》の焚《た》かれている庭園を見下ろしていると、張り切ったように彼女が説明を始めた。

「今夜は蒼月《そうげつ》が出ておりますわね。蒼月の出るのは一年でたったの三日間、奉納芸術祭はそれに合わせて行われます。蒼月は運命を変える力があると言われていますわ。殿下がこの時期にお戻りになったのも、きっとシアランの神々のお巡《めぐ》り合わせでしょう」

「運命……ね」

占《うらな》いやら神話やらに踊《おど》らされた者たちにひどい目に遭わされた身としては、あまりその手の話は好きになれない。蒼い月は珍《めずら》しくて美しいと、それだけの感想しか持てなかった。

庭園をぐるりと囲む回廊《かいろう》を歩いてくる人影《ひとかげ》が見えて、リヒャルトは何気なくそれを眺《なが》めた。

劇団所属の女優だろうか、古代じみた服装の少女と、長い三つ編みの少女――。

「…………!?」

何か信じられないものを見た気がして、思わず身を乗り出した。ついに幻覚《げんかく》まで見えるようになるとは我ながら重症《じゅうしょう》だと思ったが、ぐっと眉間《みけん》をおさえてからもう一度見てみても、やはり彼女はそこにいる。もう一人の顔にも見覚えがあるし、間違《まちが》いない。

こんなに動揺《どうよう》したのは、歓迎《かんげい》式典の夜に離宮《りきゅう》で彼女を見かけた時以来だ。一体どこまで行動力を発揮するつもりだろう。ロジオンから何も聞いていないが、何がどうなっているのか。

「殿下っ？」

「すぐ戻る！」

驚く部下や女性神官らに言い置いて、リヒャルトは部屋を飛び出した。

リヒャルトの命に関《かか》わる秘密だから絶対誰《だれ》にも言わないでほしいと前置きして、事の次第《しだい》を話して聞かせると、「サヴィアーの守り神にかけて口外しない」とぬいぐるみに拳をたたきこみながら熱く誓《ちか》ってくれたシャルロットは、難しい顔つきでうなった。

「そうだったの……。確かに、謎《なぞ》めいたところはあったものね、彼」

「うん……」

「それにしても、あなたも思い切ったことをするわね。騎士《きし》団に潜《もぐ》り込むなんて、普通《ふつう》は考えつかないわよ。考えついたとしても実行はしないわね。普通は、ね」

うっと答えに詰《つ》まり、ミレーユは目をそらした。無茶《むちゃ》なことをやっているという自覚は一応あるつもりなのだが、だからといってやめようと思わない自分はやっぱりどこか普通ではないのかもしれない。

「そりゃ彼もうろたえたでしょうね。自分を追いかけてきた挙げ句に騎士団に入ってるだなんて。彼の逃《に》げの姿勢もどうかと思うけれど、あなたの行動も相当ね……」

「ね、ねえ、そんなにねちねち言わないでっ！　なんか罪悪感がわいてくるじゃない。ていうかもうあたしの話は終わりよ、今度はシャロンの話を聞かせて」

「そうはいかなくてよ。あなたと彼の話に比べたら、あたくしがイアンと結婚しただなんて些《さ》末《まつ》なことに過ぎないし」

「ちょっと⁉　なにそのすごい気になる話！」

「離宮に戻ったらいくらでも話してあげるわよ。あなたのいる騎士団ってイルゼオン離宮に滞《たい》在《ざい》しているのでしょう？　あたくしの劇団も一度そこに寄ることになっているから」

聞けば、シャルロットの所属する劇団は歓迎式典に招かれたうちの一つだったらしい。知らないうちにあの会場ですれ違ったりしていたのかもしれなかった。

「けどあたし、もう全部話しちゃったわよ。とりあえず一度戻らない？　シャロンの服、すごく寒そうだし」

「平気よ。女優たるもの、暑さ寒さごときに踊らされたりなどしないわ」

断言したシャルロットは、ひらひらの布を巻き付けただけの恰好なのに平然としている。その女優魂《だましい》には感心するが、互《たが》いの吐《は》く息が白くなっているのもまた事実だ。長いこと外にいるので身体《からだ》も冷えてしまっている。一月の夜だ、さすがに寒さは厳しいものがある。

「それで？　彼の傍にいたいって告白したあなたは、これからどうするつもりなの？」

「告白じゃないわよ！　……別に、予定通り復讐《ふくしゅう》に走るつもりだけど？」

「え……」

シャルロットは驚《おどろ》いたように目を見開いた。

「まさか、この期《ご》に及《およ》んで、まだとぼけるつもりじゃないでしょうね？　今さら無自覚ですだなんて言い出したら、さすがにあたくしも怒《おこ》ってしまうわよ？」

「いや、もう怒ってるじゃないっ」

ぬいぐるみを殴り始めた彼女に怯《おび》えて後退《あとずさ》ったミレーユは、躊躇《ためら》いがちに口を開いた。

「……だって、嫌《きら》いだってはっきり言われたのに、これ以上どうやって仲良くすればいいの？　手助けはしたいけど、邪魔になるのは嫌《いや》だし。……だいたいっ、断りもなくいきなりキスするような人に、どんな顔して会えっていうのよ！」

せっかく頭の中から追い出そうとしていたのに、また思い出してしまった。寒くて震《ふる》えていたはずの身体がカッと一気に熱くなる。

シャルロットは軽く揶揄《やゆ》するような目になって、ミレーユを流し見た。

「あら……。したの？　進展していないようで、ちゃんとしているのね」

「やめて、変な目で見ないでっ！」

「――ミシェル？」

赤くなって悲鳴をあげたミレーユは、割り込んだ声にぎょっとして振《ふ》り返った。

回廊を足早にやってくるのはアレックスだ。ミレーユの不在に気づいて捜《さが》していたらしい。一緒《いっしょ》にいるシャルロットに笑顔で会釈《えしゃく》され、少し怯《ひる》んだような顔をしている。

「何やってるんだよ？　女の子を引っかけるなんて……意外と軟派《なんぱ》だな、君」

「いや、これは……」

冷たい目で見られ、慌《あわ》てて取り繕《つくろ》おうとした時、いきなり後ろから腕《うで》をぐいと引かれた。

驚いて振り向いたミレーユは、そこにリヒャルトがいるのを見て仰天《ぎょうてん》した。走ってきたらしく息を切らしている彼は、怖《こわ》い顔をしている。

「――何をしているんですか。こんなところで」

（それはこっちの台詞《せりふ》よっ！）

あれきり顔を合わせていなかったというのに、よりによって今日こんなところで会ってしまうなんて、ついていない。しかもちょうど彼のことが話題にのぼって動揺していた時に、だ。

いろんな意味で焦《あせ》りに焦ったミレーユは、なんとかごまかそうと試みた。

「ひ……、人違《ひとちが》いです」

顔を背《そむ》け、声色《こわいろ》を変えて言うと、リヒャルトは「へえ……」と低くうなった。

「俺の知っている人によく似ているんですが」

「……」

沈黙《ちんもく》が落ちる。まったくごまかせていないことに気づいたミレーユは、緊張感《きんちょうかん》に耐《た》えられず、彼の腕を振り払《はら》うなり脱兎《だっと》のごとく逃げ出した。

「ごめんねシャロン、またあとで！　アレックス、散歩してくるから先に帰ってて！」

早くも遠く庭園の向こうへ走り去りながら叫《さけ》ぶミレーユを、リヒャルトは呆然《ぼうぜん》と立ちつくして見やった。が、ぐっと眉根《まゆね》を寄せると、ミレーユに劣《おと》らない勢いで後を追っていった。

「ミシェル……。どれだけ走るのが好きなんだよ……？　というか誰だ、あれ」

呆《あき》れたようにつぶやくアレックスに、シャルロットはにっこりと笑《え》みを向けた。

「走るのが好きな青春真っ盛りの人達なんて、放《ほう》っておきましょうよ。ね？」


怒濤《どとう》の追いかけっこを繰《く》り広げた二人は、警備兵の目をかすめて走るうちに林を抜《ぬ》け、島の先端《せんたん》まできてようやく足を止めた。正確には、ミレーユがリヒャルトに捕《つか》まったのである。

神殿の真裏手にあたるこの場所は、荒《あ》れた小さな野原だった。かつての見張り小屋なのか、朽《く》ちかけた建物がひっそりとたたずんでいる。

どちらもしばらくは口もきけず、激しく息を切らしていたが、やがてリヒャルトが前髪《まえがみ》をかき上げながら口火を切った。

「信じられない……。こんなところにまで来るなんて」

息を継《つ》ぐのに精一杯《せいいっぱい》で言い返せないでいると、彼はさらに言いつのった。

「あなたの行動は予想がつかなさすぎる。今度こそ、言うことを聞いてもらいますからね。それが嫌ならすぐにアルテマリスに強制送還《そうかん》するだけです」

断定的な物言いに、かちんときたミレーユは、へたばっていたのも忘れて彼をにらんだ。

「いつもいつも、あなたってそれしか言えないの!? 顔を見ればお説教ばっかりして！　あなたみたいな説教大臣、学校の先生にもいなかったわよ！」

「説教大臣でも何でも結構。護衛役も連れずに危ないことをするような人には、そうするしかありません。――まったく、本当に……」

ため息をついたリヒャルトの顔は、それほど怒っているようには見えなかった。むしろどこか疲《つか》れているようだ。それが全力で追いかけっこしたせいだけではないような気がして、ミレーユはたじろいだ。

そりゃ彼もうろたえたでしょうね――というシャルロットの言葉を思い出し、少し神妙《しんみょう》な気持ちになる。かといってすぐにそれを態度に出せるほどの余裕《よゆう》が今はない。

「……言っとくけど。近づいたら、舌を噛《か》んで突進《とっしん》するから」

急に傍《そば》へ寄られたりしたら動揺《どうよう》して自分が何をするかわからないと思い、予防線を張ると、リヒャルトは少し面食《めんく》らった顔をした。

「突進はいいけど、舌は噛まないでください。危ないでしょう」

「うるさいわねっ、指図しないでよ！」

反抗的《はんこう》な態度をゆるめないミレーユと対照的に、リヒャルトの表情からはもう硬《かた》さがなくなっている。逃げたミレーユを捕獲《ほかく》したことで少し気持ちに余裕が出たらしい。

「本当に、どうして神殿《しんでん》へ来たんです？　まさかあなたが神官長宛《あ》ての密使に立ったわけじゃないでしょう」

「よくわかったわね。ロジオンに聞いたの？」

「……」

軽く眉根を寄せて黙《だま》り込んだ彼は、やれやれといったようにため息をついた。ミレーユははっと息を呑《の》み、身を乗り出した。

「ひょっとして、リヒャルトも神官長様に会いにきたの？　会ってもらえるの？　……あ」

その名で呼ぶなと言われていたことを思い出し、慌てて言い直す。

「じゃなくて、えっと……エセルバート、さま……、いや、……殿下《でんか》？」

首をひねってぶつぶつ言っていると、リヒャルトが吐息《といき》のような笑いをこぼした。

「リヒャルトでいいですよ」

「……でも、その名前で呼ぶなって」

ついでに嫌いだと言われたことも思い出し、むすっとして言い返すと、彼は黙り込んだ。

眼下に広がる湖に、ぼんやりと視線を落としている。考え事でもしているのかと思っていたら、おもむろに口を開いた。

「その名前は、陛下にいただいたものなんです。とても名誉《めいよ》なことですが、愛着はありませんでした。平凡《へいぼん》でありきたりで、大人になったらいつかは捨てる仮の名前だと思っていたから」

独り言のように打ち明けた彼は、そこでふっと微笑《ほほえ》んで顔をあげた。

「だけど、あなたがそう呼んでくれると、まるで宝物みたいな気がしてくる。不思議なものですね」

「……あたし？」

「そう。その度《たび》にひきずられそうになるから、呼んでほしくなかったんです。自分がこんなに意志の弱い人間だったとは思っていませんでしたよ」

つぶやくように言った彼を、ミレーユは少々呆れて眺《なが》めた。

「何言ってるのよ。あなたみたいな石頭な人、見たことないわよ？」

もっとも、アルテマリスにいた頃《ころ》は、彼の石頭加減も知らなかったのだが。シアランへ来てから知った彼のほうが、ひょっとしたら本当の彼なのだろうか？

そんなことを考えていたら、リヒャルトがじっと見つめていることに気がついた。

「な、なに？」

「いや……。あなたには、怖いものがないのかなと思って」

「それはあるわよ。知ってるでしょ」

「ああ。幽霊《ゆうれい》関係でしたね。あの時のあなたは可愛《かわい》かったですね。悲鳴をあげっぱなしで」

懐《なつ》かしそうに言われて、ミレーユは赤くなった。昔、肝試《きもだめ》し大会の下調べのため二人で夜の王宮を歩いたことを思い出したのだ。

「弱みを握《にぎ》ってるからって、調子に乗らないでよね！　あたしだってあなたの苦手なものは知ってるわ。雷《かみなり》が……」

決まり悪さのあまりむきになって言い返そうとしたが、はっとして言葉を飲み込んだ。

それはミレーユの苦手なものとは種類が違う。こんな口喧嘩《くちげんか》のネタにしてはいけない、彼の過去の傷に関するものだ。不自然に口をつぐんだのを変に思っただろうかとうろたえていると、リヒャルトは静かに口を開いた。

「俺が一番怖いのは、あなたがいなくなることです」

「え……？　って、何言うのよ、いなくなったのはあなたのほうでしょうが」

急に姿を消された時の呆然とした気持ちを思い出して抗議《こうぎ》すると、彼は微笑んだ。

「俺がいなくなって寂《さび》しいですか？」

「はあ!?　な、なによ、それっ」

「違うんですか？　あの夜、あなたが言ってたのはそういう意味のことだったと思いましたけど」

「なっ……、……ちょっとー！　思い出したわよ！　あの時はよくもやってくれたわねっ」

ドンと地面を踏《ふ》みならし、ミレーユは指を突《つ》きつけた。わかっていて嫌《きら》いだの邪魔《じゃま》だの言ったとは、なんと非道な男だろう。今こそ復讐《ふくしゅう》して思い知らせてやらなければならない。

「果たし状は、ちゃんと読んだんでしょうね!?」

「……読んだというか、読んでないというか……」

リヒャルトは何とも言えない顔つきで言いよどんでいる。やがて苦笑めいた表情になって、遠慮《えんりょ》がちに答えた。

「中身が違っていたようですが。ご家族宛ての手紙が入っていましたよ」

「…………えっ？」

意味のわからないことを言われ、ミレーユは眉《まゆ》をひそめて黙り込んだ。

そう言えば果たし状を書いた時、家族宛てやらシルフレイア宛てやら、いろいろ他《ほか》にも書いていたものと一緒《いっしょ》にしていたが——。

（うそっ、間違《まちが》えてたってこと？　じゃあ、本物の果たし状は誰《だれ》に送っちゃったんだろ）

他のものはとっくに発送したから、あとは手元に残っていた果たし状を送りつけるだけだと安心していたのに。締《し》まらない失敗をしてしまい、赤くなってうろたえていると、リヒャルトが微笑んで口を開いた。

「ご家族のところに帰りたくなりましたか？」

「べ……別に！　全然！」

「そうですか。俺はずっと帰りたかった。だから今は、シアランに帰ってこられて嬉《うれ》しい」

いやにしみじみとした様子で言われ、戸惑《とまど》って見つめると、彼は目を合わせて笑った。

「俺はあなたのご家族に憧《あこが》れてたんですよ。優《やさ》しいご両親とお祖父《じい》さまがいて、あなたをこの上なく愛しているフレッドがいて、皆《みんな》があなたを見守っている。その光景を見ているのが、すごく好きだったんです」

「……この上なく愛してるわりには、いつもとんでもない目に遭《あ》わされるんだけど……？」

「彼の愛情表現は変わってるみたいですからね」

恨《うら》めしげなミレーユに苦笑《くしょう》で応じると、リヒャルトは湖のほうに目線を漂《ただよ》わせた。

「フレッドは、ご家族が一緒に生活するためにずっと頑張《がんば》っていましたよ。俺もそうなってほしいと思っていました。だから、あなたをご家族のもとに帰さないといけないと思ったんです。あなたが一番幸せでいられるのはあの場所だと思って。そこにいてほしかった」

蒼《あお》い月光に照らされている彼の横顔を見ていたミレーユは、どきりとした。

ずっと帰りたかったという言葉は、失った家族との時間を取り戻《もど》したいという意味なのだろうか。八年前、子どもの時にできなかったことを今ならやれると思っているのかもしれない。

(考えすぎかしら。でも……)

もしそうだったとしたら、彼はどんな思いで自分たち家族を見ていたのだろうか。

どうにかして取り戻してあげたい。自分にそれが出来たなら、こんなに寂しそうな瞳《ひとみ》をさせずに済むのに。

「ねえ——リヒャルトのお父さんとお母さんって、どんな人たちだったの？」

しばし考えたが良い案が何も浮《う》かばず、とにかく知ることが肝心《かんじん》だと思い直して訊《たず》ねてみる。

そういえば彼の家族のことはほとんど何も知らないのだ。

思い出すように軽く首をかしげ、リヒャルトは言葉を選ぶようにゆっくりと口を開いた。

「父は真面目《まじめ》で——仕事が好きな人という印象ですね。祖父が少し変わった人で、早くに譲位《じょうい》したものだから、父は若くして大公になって……。音楽が好きで、子どもたちみんなに楽器をやらせて演奏会をするのが楽しみだったようです」

「あ、そういえば、昔そんなこと言ってたわね。じゃあ、お母さんは？」

「おっとりして物静かな人でしたよ。父と年齢《ねんれい》が離《はな》れていたせいか、少し甘えん坊《ぼう》なところもあって……。母親のことをそういうふうに言うのは変だけど、まあ、お姫《ひめ》様育ちだったから」

「そっか……。リヒャルトのお母さんって、アルテマリスの王女様なんだもんね」

そしてミレーユの父エドゥアルトの姉でもある。つまり彼女はミレーユの伯母《おば》にあたるわけで、その息子《むすこ》であるリヒャルトは従兄《いとこ》になるのだ。

あらためてそう気づき、なんだか少し混乱した。リヒャルト・ラドフォードという人は、兄の親友で、自分の護衛をしてくれる騎士《きし》という存在だったのに、本当の彼と自分はなんと不思議な縁《えん》で結ばれていたのだろう。

「じゃあ、リヒャルトってお父さんにもお母さんにも似てるんだ。お父さんの真面目さと、お母さんのおっとりしたところと」

「ああ……そうかもしれないですね」

今どんな思いで両親のことを話してくれているのだろう、つらそうな瞳をしていないだろうかと気になって見つめたミレーユは、目が合った彼が穏《おだ》やかな笑《え》みを返してくれたのを見てほっとした。だがそれきり沈黙《ちんもく》が落ちて、今度は何だか落ち着かない心地《ここち》になった。ついさっきまで必死に追いかけっこを繰《く》り広げ、復讐してやると息巻いていたのに、リヒャルトが急にいつものリヒャルトになったものだから、どんな対応を通せばいいのかわからなくなる。

間がもたず、何となくあたりを見回した。紺碧《こんぺき》の夜空に浮かぶ月が神殿を明るく照らしている。神話劇の効果音や人々の喧噪《けんそう》などが聞こえてくるのに、不思議と静かだった。それこそ、心臓の音が相手に聞こえているのではないかと思ってしまうくらいに。

(なんか、変な感じ……)

早くこの気まずさから逃《に》げ出したいような、ずっとここにいたいような。相反する気持ちがせめぎあい、焦《あせ》りで顔が熱くなる。

(って、何おたおたしてるのよっ、リヒャルトに復讐するために騎士団に残ったんでしょうが。この人に何をされたか忘れたわけ? これくらいで、ほだされるもんですか……)

なんとか初心《しょしん》を思い出したミレーユは、自分を戒《いまし》めつつ、くるりと踵《きびす》を返した。

「あたし、帰る」

「──待って」

急にリヒャルトが鋭《するど》い声を出したので、びくっとして振《ふ》り仰《あお》ぐ。だが彼の視線はミレーユではなく、林のほうに向けられている。

そちらを見たミレーユは息を呑《の》んだ。松明《たいまつ》の火が二つ、こちらに近づいてくる。かすかだが話し声も聞こえてきた。

「本当に、こっちに誰か行くのを見たのか?」

「はい。間違いありません。人影《ひとかげ》が二つ」

「とりあえず捜《さが》せ」

ここへ来るのを誰かに見られていたらしいとわかって、ミレーユは立ちすくんだ。リヒャルトの腕《うで》に強く抱《だ》き寄せられ、転びそうになりながら小屋の陰《かげ》に身を潜《ひそ》める。

「――大丈夫《だいじょうぶ》です。心配しないで」

ささやきが落ちてきて、はっと我に返った。呆《ほう》けている場合ではない、これは窮地《きゅうち》なのだ。

会話の声を聞く限り、近づいてくるのは二人らしい。ミレーユは急いでしゃがむと、目に付いた大きな石をつかんで立ち上がった。人数でいえばこちらも二人だ。役立たずになるわけにはいかない。

「何ですか、その石」

「武器に使うのよ。挟《はさ》み撃《う》ちにして後ろから行けば倒《たお》せると思うわ、これ結構大きいし」

リヒャルトは呆気《あっけ》にとられたように黙《だま》り込み、すぐに顔を強《こわ》ばらせた。

「何を言いだすんですか。あなたが出ていく必要はないでしょう。怖《こわ》いのはわかります、少し落ち着いて、こっちに隠《かく》れて」

「一人で行くつもりなの？　相手は二人いるのよ」

「あなたには指一本触《ふ》れさせないから、安心してください」

「そんなことを心配してるんじゃないわよ！」

声が高ぶるのを懸命《けんめい》にこらえ、ミレーユは石を握《にぎ》り直した。

「この状況《じょうきょう》はあたしのせいでしょ。責任をとるわ」

逃げるのに必死なあまり、周りの目を気にしている余裕《よゆう》がなかった。ここはリヒャルトにとって敵陣《てきじん》ともいえる場所なのに、注意が足らなかった。

「違います。俺が軽率《けいそつ》だっただけです。あなたを見かけて、つい飛び出してきてしまった」

「やっぱりあたしのせいじゃないの」

「そうじゃない」

土を踏みしだく音がだんだん近づいてくる。リヒャルトは声を落として遮《さえぎ》ると、軽く首を振って息を吐《は》いた。

「俺は……どこにいてもあなたを目で追ってしまうし、いつだって気にしている。そんなふうに冷静さを欠いていたから、こんなことになったんです。あなたのせいじゃありません」

「……それってやっぱりあたしが原因じゃない？」

「だから、違うと言っているで──」

「──誰だ！」

誰何《すいか》の声が響《ひび》き渡《わた》った。リヒャルトがすばやくミレーユを抱き寄せて身を沈《しず》める。

複数の足音が近づいてくるのを聞いて、ミレーユは覚悟《かくご》を決めた。

「リヒャルト。あたし、別に構わないわよ。あなたと一緒だったら」

「馬鹿《ばか》なことを考えないで。少しは信用してください」

「……ごめんね。邪魔《じゃま》したかったわけじゃないの」

「謝らなくていいから……」

どこか苦しげな吐息《といき》まじりの声に、ミレーユは顔をあげた。

「あなたのことは、あたしが守ってあげるから。そんなに悲しい顔しなくていいのよ。二人でやればきっと勝てるわ」

落とし前はつけねばならない。石を握りしめて宣言すると、リヒャルトは呆けたような顔でミレーユを見つめた。咄嗟《とっさ》に返す言葉が出てこないようだった。

突然《とつぜん》、身を潜めた小屋の向こうでうめき声がした。近づいてくる足音が聞こえなくなったことに気づいて顔を出そうとしたが、リヒャルトに止められる。

「——若君」

呼びかけた低い声に、リヒャルトが表情をあらためて応じた。

「ロジオンか。仕留めたのか？」

「当て身だけです。目立たない場所に移します」

「頼《たの》む」

それきり、向こうから人の気配が消える。宣言通り潜入《せんにゅう》してきたロジオンにミレーユは感心したが、リヒャルトが怖い顔で見つめているのに気づいて瞬《また》いた。

「なに？」

「なにじゃない、俺の話を聞いてたんですか？　もしロジオンがこなかったら、本気で戦うつもりだったんですか。あなたが街でやってた喧嘩《けんか》とはわけが違うんですよ」

「どうしてそんなに怒《おこ》るの。女は喧嘩なんかしちゃいけないってわけ？」

「その通り。あなたはもう少し、守られることに慣れてもらわないと困ります」

断言されて、ミレーユの頭に血がのぼる。やはり彼は石頭野郎《やろう》だと思った。

「あなた、あたしのことをお姫様か何かと勘違《かんちが》いしてるわ！　あたしはそんなのになりたくない。勝手にか弱い女の子みたいに決めつけないでよ！」

「お姫様ですよ。俺にとっては」

即答《そくとう》したリヒャルトは、訴《うった》えかけるような切なげな瞳になった。

「だから、お願いだからさっきみたいなことは二度と考えないと約束してください。もしあなたに何かあった時、俺がどんな気持ちになるかを考えてほしい」

これまであまり見たことのない表情に、ミレーユはたじろいで彼を見つめ返した。言われたことを自分の中で繰り返してみたが、ふと、逆の立場だったらどうだろうと考え込む。

もし、リヒャルトに何かあったら――。アルテマリスを出た時から、それを考えない日があっただろうか。想像しただけで居ても立ってもいられなくなる。今こうして目の前にいる彼が、傷ついて、帰ってこない日がくるかもしれないなんて。

「……けど、あなたが苦しい目に遭《あ》ったり、悲しい思いをしたりするのはどうしても嫌《いや》なの」

もし自分がそうなったら、彼も同じ思いを抱《いだ》いてくれるのだろうか。そう思ったら、急に瞼《まぶた》の裏が熱くなってきた。

涙《なみだ》が出てくる理由はわからない。我ながら情緒《じょうちょ》不安定としか思えなかった。現に、突然めそめそし始めたのを見てリヒャルトも驚《おどろ》いた顔をしている。

「だから……、あなたがどう思おうが、どこにだってついて行って、あなたに何かしようとするやつはあたしが全部ぶっ飛ばしてやりたいのよ！」

口に出すと、自分が一番やりたかったのはそれだったのだとあらためて気がつく。自分は、彼を傷つけるような人や出来事が許せないのだ。だから傍《そば》にいて守ってあげたいのだと。

「ミレーユ……」

つぶやく声に引かれるように、ミレーユは彼の胸によろよろとしがみついた。

戸惑《とまど》ったように抱きとめた腕が、やがてあやすように背中に回される。だがそれも束《つか》の間、何かがはずれたような勢いで強く抱きしめられた。涙も嗚咽《おえつ》も止まるくらいの強さだった。

「もういい……わかったから、泣かないで……」

息が詰《つ》まりそうになっているミレーユの耳元に、同じくらい苦しそうな声が落ちてくる。

「あなたのことを忘れるなんて不可能だ。そんなふうに追いかけてこられたら、ますます好きになるだけなのに」

苦しそうだと思ってしまったのは、声が少しかすれていたせいかもしれない。ミレーユ自身、痛いくらいの力で抱きすくめられているのに、一方ではほっと安心するような気持ちにもなっていたから、たぶん混乱してよくわけがわからなくなってしまっているのだろう。

（……ん？）

しばらくそのままになっていたミレーユは、ふと眉《まゆ》をひそめた。息苦しさでぼうっとしてしまっていたが、空耳でなければ、今、確か――。

（好きって言った……？）

なんとかもがいて顔をあげる。すぐ傍にあったリヒャルトの顔は物憂《ものう》げに見えたが、目が合うとかすかに表情をなごませた。

「認めます。本当はあなたを離《はな》したくないって」

抱きしめられたまま、頬《ほお》をそっとなでられる。

「あなたは俺の宝物だから、手放せるわけがなかったんです」

「…………!?」

いきなり宝物呼ばわりされて、さすがに混乱した。彼の発言の一貫《いっかん》性のなさについていけず、何度も瞬《まばた》きしながら相手を凝視《ぎょうし》する。

「け……ど、この前は嫌《きら》いって言ったじゃない」

「そうなれたらと思ったけど、できませんでした。どうやっても無理です。難しすぎます」

長い指が頬をなでる。涙をぬぐってくれているのだとわかって、ミレーユはぼんやりと目の前の優《やさ》しい微笑《びしょう》を見つめた。いろんなことがありすぎて、頭がうまく回らなかった。

夢でも見ているのでは、と思う。こんなに近くで見つめ合っているのに、恥《は》ずかしいとも目をそらそうとも思わない。それどころか、やっと抱《だ》きしめてくれたことを嬉《うれ》しいと思っている。自分が自分でないみたいだ。

「――おまえらよー。こんなところまで来ていちゃついてんなよ」

呆《あき》れたような声が背後で聞こえ、ミレーユははっと我に返った。

振《ふ》り向くと、小屋の角から男が一人、顔をのぞかせている。月光に浮《う》かんだその顔はヒースだった。慌《あわ》ててリヒャルトから離れると、ヒースはのんびりと歩み寄ってきた。

「急に行方《ゆくえ》知れずになるのは勘弁《かんべん》してもらえませんかね。調べるくらいわけないが、部下の皆《みな》さんが心配して大変だったぜ」

当然のようにリヒャルトに注文をつけるのを見て、ミレーユは二人を見比べた。

「ねえ、ひょっとして、ヒースがリヒャルトを神殿《しんでん》に連れてきたの？　もしかして神官長様に会うため？」

「そうだよ。明日の夜……って、話聞いてないのか」

軽く眉をひそめてヒースは言った。先程《さきほど》訊《たず》ねたもののうやむやになっていたので、はっきりした事実にミレーユは目を輝《かがや》かせた。

「よかったわね、リヒャルト。これで証言してもらえるわね！」

「いいや、そうと決まったわけじゃない。第一、明日の対面は神官長だけでなく他《ほか》にも王太子派の貴族が集まるんだからな。証言云々《うんぬん》まで話が回るか、それを神官長が受け入れるかどうかはわかんねえよ」

「え……そうなの？」

てっきり無実の証明をしてくれるよう頼みにきたのだとばかり思っていた。だがリヒャルトが動揺《どうよう》していないところを見ると、彼もその点については承知しているらしい。

「神官長と会う機会があるだけでもいい。今はまだ、証人に立ってもらうのは難しいでしょうからね。時期的に」

静かに答えたリヒャルトを見つめ、ミレーユは考え込んだ。どうやら雲行きがよくないようだ。やはり今から神官長を訪ねて、少しでも根回しをしておかねば。

「だからな、殿下《でんか》はこんなところでおまえといちゃついてる暇《ひま》はねえんだ。帰るぞ」

「な……、べ、別にいちゃついてなんかないわよ！」

「抱き合って見つめ合ってるのを、大人の世界ではいちゃつくって言うんだよ」

素《そ》っ気なく言い捨てたヒースは、憤慨《ふんがい》したように頬を染めたミレーユをちらりと見て、思いがけず真面目《まじめ》な顔になった。

「おまえ、もう深入りすんな。このまま殿下について行ったら、元の生活に戻《もど》れなくなるぞ。わかってんのか？　家族と離れてずっとシアランで暮らすことになるんだぞ」

意表を衝《つ》かれ、ミレーユはぽかんと口を開けた。どうして彼が急にそんなことを言い出したのか、そしてなぜそんなにあらたまった顔をしているのか、わからなかった。

「大公の傍にいたいなら、それなりの地位にならなきゃいけねえ。そんなの家族の誰《だれ》も望んでないし、おまえだって自分には無理だってわかるだろ。おまえは下町生まれの下町育ち、殿下は生粋《きっすい》の王族」

「やめろ」

リヒャルトが制したが、それが聞こえないかのようにヒースは続けた。

「母さんのことを思い出せ。好き合ってたって、身分が違えば一緒《いっしょ》にはなれねえんだ。おまえの父親は公爵《こうしゃく》かもしれないが、おまえ自身は下町のパン屋の娘《むすめ》だろ。それを忘れて背伸《せの》びしても幸せになんかなれねえぞ」

「よせと言ってるだろう。なぜわざわざ悩《なや》ませるようなことを言うんだ。こんな時に」

険しい声で重ねて制するリヒャルトに、ヒースは皮肉げに言う。

「いい加減、甘やかすのはやめるこったな。こいつが今突っ走《ぱし》ってるのは思考がガキだからだ。ちゃんとした現実を教えてやらないと、いくら口で言ったところでわかりゃしねえんだよ。こいつにまっとうな生活を送らせたいんなら、薬を使うなり力ずくなり、どんな手を使ってでも家に送り返したほうがいい」

「誘拐《ゆうかい》してまでシアランに連れ込んでおきながら、よくもそんなことを言えるな」

考え込んでいたミレーユは、軽くびくりとして顔をあげた。普段《ふだん》は穏《おだ》やかなリヒャルトなのに、いつになく尖《とが》った口調だったのだ。だがヒースにはあまり効いていないようだった。

「ごもっとも。しかし、悪いが俺も上の命令には逆らえないんでね。ともかく、個人的にはこいつがそんな身分になるのはごめんだ」

「もういい、その話はあとで聞く」

話を遮《さえぎ》られ、ヒースは肩《かた》をすくめて踵《きびす》を返した。軽く手を振って歩き出す。

「そろそろ戻ってくださいよ、殿下。今あんたに何かあっちゃ困りますんでね」

暗い色の神官服を着た彼の姿は、すぐに夜の闇《やみ》にまぎれて見えなくなった。

静けさが戻った岸壁《がんぺき》で、ミレーユはヒースに突きつけられたことを呆然《ぼうぜん》と考え込んでいた。

いずれはアルテマリスの家族のところに帰るのだと何の疑問もなく思っていた。だがそうすると、リヒャルトと離ればなれになってしまう。家出してまで追いかけてきて、あれほど一緒にいたいと訴《うった》えておきながら、どうしてこんなに矛盾《むじゅん》したことを考えていたのだろう。

（どうしよう……深く考えてなかった……！）

まず最初に考えておくべきだっただろうに、リヒャルトのことで頭が一杯《いっぱい》で、その他の面倒《めんどう》で現実的なことにまで思考が回らなかったのだ。

今さらのように焦《あせ》っていると、そっと手を握《にぎ》られた。じっと見つめていたリヒャルトが静かな声で口を開く。

「神殿から戻ったら、俺は離宮《りきゅう》を出ます」

「えっ」

「その時はあなたも連れていきます。第五師団はそろそろ宮殿《きゅうでん》に戻る頃《ころ》でしょうが、あなたをそんなところへ行かせるわけにはいきませんから」

どこに行くのと聞き返す間《ま》もなくそう言われ、ミレーユは驚《おどろ》いて彼を見つめた。

「それに、これ以上あなたを野放しにしておいたら何をするかわかりませんからね」

「な……、野放しって何よっ。人を猛獣《もうじゅう》みたいに」

「とにかく、これ以上は潜入捜査《せんにゅうそうさ》はだめです。本当はこのまま帰したくないけど、今ここであなたがいなくなったら騒《さわ》ぎになるでしょうから。離宮に戻ったらロジオンと一緒に俺のところに来てください。いいですね」

お説教口調なのに言っていることがこの前と真逆だと気づいて、ぽかんとなる。何を言われているのかすぐには信じられずにいると、もう一方の手も握られた。

「あなたをこんな状況《じょうきょう》においたことを、申し訳なく思います。たぶん、すごく迷ってるでしょう。でも……」

両手をきゅっと握られて、それだけのことに軽く心臓がはねる。

「……俺を選んでください。ミレーユ」

真剣《しんけん》な声で言う彼を、ミレーユは目を瞠《みは》って見つめた。今までは「帰れ」としか言われなかったのに、これはどうしたことだろう。一緒にいてもいいと言ってくれている——そう思ってもいいのだろうか。

「うん……！」

そうとなれば返事は一つだ。気が変わらないうちにと勢い込んでうなずくと、リヒャルトはかすかに苦笑《くしょう》した。

「本当に、わかってるのかな」

少し頼《たよ》りなさそうにつぶやいたが、林のほうを見やり、視線を戻す。

「ロジオンが来ましたね。目立たないようについて行かせますから、安心していてください。でも、くれぐれも危ないことはしないで」

「任せといて！」

「へ……」

ミレーユは上機嫌《じょうきげん》でうなずくと、彼に別れを告げて早速駆《さっそくか》け出した。

神殿の中に戻ったミレーユが目指したのは、当初の目的通り神官長の部屋だった。

（リヒャルトは明日貴族の人たちと会うって言ってたけど、だったら少しでも有利な立場で会ったほうがいいわよね。やっぱり今夜のうちにお願いするしかないわ）

せっかく神殿まで来て、神官長の居所までわかっているのに、黙《だま》ってなどいられるわけがない。ここは自分が一肌脱《ひとはだぬ》がねばならないだろう。

ロジオンは隠《かく》れてついてきているらしく、姿を見せない。構わずに気合いを入れながら、回《かい》廊《ろう》の十字路を通り過ぎた時だった。

「――ああ。確かによく似ている」

感嘆《かんたん》したような声が聞こえ、ミレーユは振《ふ》り向いた。

交差した回廊の手前に、男が一人立っている。二十代半ばほどの黒髪《くろかみ》の若者だ。青白い顔でこちらをじっと見ていた彼は、目が合うと優《やさ》しげな笑《え》みを浮《う》かべた。

「何か考え事でも？　難しいお顔をなさっていますね」

親しげに話しかけられ、ミレーユは戸惑《とまど》って相手を見つめ返した。女の姿の自分を知っている人となると限られてくるのだが――まるで見覚えがない。

「もしお時間がおありなら、少しお話ししませんか。この部屋はちょうど空いていますし。ああ、そうだ……」

人懐《ひとなつ》こい調子で誘《さそ》ってきた彼は、ふと思い出したようにすぐ傍《そば》の部屋へ入って行った。彼がそこから出てきた時にちょうど自分が通りかかって遭遇《そうぐう》してしまったようだと想像できたが、そんな偶然《ぐうぜん》の出会いとしか思えない相手から親しげにされる理由がやはりわからない。

やがて戻ってきた彼は、にこやかに平たい箱を差し出して蓋《ふた》を開けた。

「ほら、お菓子《かし》もありますよ」

「…………」

なぜ見知らぬ人からいきなり食べ物で釣《つ》られなければならないのか。あやしすぎると思い、ミレーユはじりじりと後退《あとずさ》った。箱に並んだ高級そうなお菓子は実に美味《おい》しそうではあったが、さすがにそれでついていくほど馬鹿《ばか》ではない。

「あやしいものではありませんよ。アルテマリスで一度、お会いしているのですが」

警戒《けいかい》するミレーユに小首を傾《かし》げて笑いかけ、彼は手を胸にあてて挨拶《あいさつ》した。

「お話ししたことはないので、おわかりでないのも無理はないですね。初めまして。アンドリュー・ウォルター伯爵《はくしゃく》です。――サラ・ウォルターの兄、と言ったらおわかりでしょうか?」

突然《とつぜん》の出会いと名乗りに、ミレーユは驚いて彼を見つめた。

(この人がウォルター伯爵? あたしをヒースに誘拐させた……。なんでここにいるの?)

やわらかい笑みを浮かべたその表情からは、とてもそんなことを企《くわだ》てた人とは思えない。善良で優しそうな青年貴族という印象だった。

「立ち話も無粋《ぶすい》ですし、中でゆっくりお話ししませんか？」

　表情からして、自分を知っているとわかったのだろう。ウォルター伯爵が再び誘いながら部屋の扉《とびら》を開ける。

　ミレーユは迷った。彼から話を聞いてみたいというのがシアランへ入った目的の一つでもあったから、できれば誘いに応じたい。だがのこのことついていくのはあまりにも危険だという気もしていた。優しそうに見えても、一度は自分を誘拐させた人なのだ。

(信用できないってヒースも言ってたし……。それに、危ないことはするなってリヒャルトに言われてるし……、ん？)

　逡巡《しゅんじゅん》していると、彼の背後で何か影《かげ》のようなものが動いたのに気づいた。

　神殿《しんでん》の警備兵が一人、回廊の柱の奥に立っている。

　隠れているというわけではなく、むしろこちらに存在を教えようとしているようだった。ミレーユは訝《いぶか》しげにそれを見たが、目深《まぶか》にかぶった帽子《ぼうし》をすばやくあげたのを見て、思わず目を瞠った。

(ロジオン……！　そっか、警備兵に変装してきたんだ！)

　宣言通り見守ってくれているとわかり、たちまち心強さを覚える。彼がいるなら、多少の危険を冒《おか》してでも情報源と接触《せっしょく》できる。そう思い直し、ミレーユは伯爵の招待に応じることにした。

「とある人を連れてここに来たのですが……、まさかあなたに会えるなんて思ってもいませんでした。今日は幸運な日です」

向かい合って椅子《いす》に腰掛《こしか》けながら、ウォルター伯爵は心なしか嬉《うれ》しそうに切り出した。

テーブルに積まれていた菓子の平箱を次々に開けて並べたが、ミレーユが警戒心を解かないのを見ると、軽く首をかしげるようにして微笑《ほほえ》む。それから感慨《かんがい》深そうに言った。

「初めてあなたをお見かけしたのは、アルフレート殿下《でんか》の婚約披露宴《こんやくひろうえん》でした」

「そんなに前から、あたしを……？」

「ええ。と言っても、その場に居合わせたのはまったくの偶然だったのですがね。あなたは楽しそうに兄君とお話をされていました。ぜひともご挨拶しようと思ったのですが、兄君はあなたを隠してしまわれるし、エセルバート殿下はあなたを連れ出してしまわれて。私はあなたの兄君に嫌《きら》われていますので、紹介《しょうかい》してはいただけなくて」

思い出したのか楽しげに笑って、伯爵はミレーユを見つめた。

「しかし、あのお二人が大事に大事に守っておられるあなたと、今こうして二人きりで話している。なんだか勝った気分がしますよ」

「……」

一見人当たりが良さそうで、常に笑顔を絶やさず、本心を隠しているような——そういうところは少しフレッドと似ていると思った。けれども一方では全然違うような印象もある。その違和感《いわかん》の理由がわからず、ミレーユは戸惑いながら口を開いた。

「あの。妹さんのこと、お気の毒です……。それで、あの……、いろんな人に言われたんですけど。あたし、そんなにサラさんに似てますか？」

おずおずと名前を出した。自分は知らないのに、周りの皆《みな》がおそらくは知っている人。知らないところで似ていると言われてきて、ずっと気になっていた。

「ええ。似ていますよ。ふとした表情が特に……。顔立ちはまるで別人なのに不思議ですね。殿下が気に入られるのも納得《なっとく》です」

「殿下って、リヒャルトのことですよね？」

「リヒャルト、ね……」

ふと近くの燭台《しょくだい》に目を落とし、彼はつぶやいた。明かりが瞳《ひとみ》に映って、一瞬《いっしゅん》だけ表情が変わって見えた。だが顔をあげた彼はまた笑みを浮かべていた。

「殿下は、あなたにもお優しいですか？」

「え……、それは、まあ……。はい、優しいです」

「そうですか。確かに、優しくしたいと思われるのも無理はないでしょうね。自分が殺した相手に似ているあなたに」

いかにも優しげな声だったため、ミレーユは一瞬言われた意味がわからなかった。そして理解すると、驚《おどろ》きとともに焦燥《しょうそう》を覚え、思わず立ち上がった。

「それは濡《ぬ》れぎぬなんです！　リヒャルトはやってません」

必死の思いでの訴《うった》えにも、ウォルター伯爵は微笑んだまま何も言わなかった。

ミレーユは直感した。彼はリヒャルトを恨《うら》んでいるのか、それとも真相を知った上でのことなのかはわからない。おそらくは、ただ妹を奪《うば》われたということだけが、彼にとっての事実なのだ。

立ちつくすミレーユを見つめ、彼は穏《おだ》やかな表情のまま口を開いた。

「私の妹は、エセルバート殿下の従姉《いとこ》で、幼なじみでもありました。加えて言うなら、有力なお妃《きさき》候補であり、殿下の初恋《はつこい》の相手でもあった」

「え……？　でも、ジークと——アルフレート殿下と縁談《えんだん》があったって聞きましたけど……」

「結局はそうなりましたがね。そのお話があがる前は、エセルバート殿下の花嫁候補だったのですよ」

黙り込むミレーユを、伯爵は微笑んで見つめた。

「殿下はあなたのことがお好きなわけではない。私の妹を愛しておられたから、似ているあなたを身代わりにしようとなさっているだけです。あなたをサラの代わりに愛そうと」

「……」

（リヒャルトに聞いた話と違う……）

同じようなことを本人に訊《たず》ねてみたことがある。だがあの時リヒャルトは否定したはずだ。

四つも年上だったから姉のように思っていただけだ、と。

仲が良かったようだし、彼女の死にまつわる経緯《けいい》を鑑《かんが》みれば、彼女の存在がリヒャルトにとって大きなものであるのは当然かもしれないと思っていた。だから、あの質問をした時、もし肯定《こうてい》されたとしても彼を責めたりはしなかっただろう。

（……いや、やっぱりショックだったかも……）

誰《だれ》かの身代わりにされるのは嫌《いや》だと、はっきり本人に言ったこともある。フレッドの身代わりになるのとはわけが違うのだから。

ミレーユはじっと考え込んでいたが、サラの存在がどうであっても変わらない思いがあることに気がついて顔をあげた。

「……別に、それでも構いません。リヒャルトがあたしをどんな目で見てたとしても、優《やさ》しくしてもらったのは事実だし、それで嬉しかったのも本当のことですから」

伯爵は少し意外そうな顔をしたが、やがて感心したように息をついて椅子に沈《しず》み込んだ。

「健気《けなげ》な方だ……。では、殿下がアルテマリス王家の姫《ひめ》と結婚《けっこん》すると、国王と密約を結んでおられるのもご存じなのですか？」

「そういう話があったのは聞いてます。でも、その姫というのがあたしだったから、断ったって」

「その後の話ですよ。あなたとの縁談を断った後、別の姫との縁談が進行しているのです」

「……え？」

「国を出る許しを、陛下があっさりと出されると思いますか？　これは取引なのですよ。シアラン大公になるための援助《えんじょ》を請《こ》う、ね」

「……」

ミレーユは再び言葉をなくした。もともとそういう話があったことも、それがリヒャルトにとって一番いい道であることも知っているのだが、彼からはそんな話を一言も聞いていない。それに気づいて動揺《どうよう》してしまった。

（……いや、でも、まだそうだって決まったわけじゃないわ。リヒャルト本人に聞いてみれば、全部わかることだもの。こんなぽっと出の人の言うことなんか信じられるもんですか……）

そう思いながらも心が揺《ゆ》れて、何も言えずにいると、じっと見ていた伯爵が提案してきた。

「私と一緒《いっしょ》に来てくだされば、殿下のもとにいられるよう計らいますよ」

その言葉にふと違和感を覚え、ミレーユは顔をあげた。

心の中にそっと忍《しの》び込まれたような、少し気味の悪い感覚があった。そんな話を聞かされて、たとえ信じたとして、ついていくとでも思っているのだろうか。

「……どうしてあたしを連れていこうとするの？　何が目的なんですか？」

「目的と言えるかはわかりませんが……。私は誰よりも殿下のことを考えていますのでね。そこにあなたが必要だというわけです。——どうしますか？」

ゆっくり手を差しのべられる。ミレーユは黙ったままそれを見つめた。

リヒャルトを恨んでいるようなのに、『誰よりも考えている』——？

（……悪いけど、ものすごくうさんくさいわ……）

大公の側近で、宮廷の事情にも詳《くわ》しいであろう人。ついていけばいろいろ情報を得られるだろう。だが少なくとも今は、彼の言葉に本心を感じられなかった。

「すみませんけど、ごめんなさい。一緒には行きません。いろいろ忙《いそが》しいので」

「おや。残念ですね」

「伯爵《はくしゃく》が本心からリヒャルトの味方になってくれるなら、協力するんですけど」

とりたてて残念とも思っていないような彼に探《さぐ》りを入れてみるが、あっさりとかわされる。

「味方ですよ。心の底から。そうは見えませんか？」

「ていうか、どうして無理やり連れていこうとしないんですか？　この前はヒースにあたしを誘拐《ゆうかい》させたのに」

ミレーユのさらなる追及《ついきゅう》に、彼は小首を傾《かし》げて笑った。どうやらそれが癖《くせ》のようだった。

「乱暴な真似《まね》をしなくても方法はありますからね。たとえば、ほら。あなたが飲んでいるそのお茶に、即効《そっこう》性の眠り薬を入れておけば。眠《ねむ》り込んだあなたを誰かに頼《たの》んで運ばせれば済む話ですから」

ぎょっとしてミレーユはカップを見下ろす。しっかり飲んでしまったのを思い出して青ざめると、たたきつけるような勢いで扉《とびら》が開いた。

飛び込んできたロジオンに目も向けず、伯爵はミレーユに微笑《ほほえ》みかける。

「たとえば、の話です。彼がいるので今回は自重しようと思いましてね。知らない人にもらったものをむやみに口にしてはだめですよ？」

部屋の外から向けられていた殺気に、彼はとっくに気づいていたらしい。ロジオンが剣《けん》を抜《ぬ》こうとしているのを見て、ミレーユは慌《あわ》てて駆《か》け寄った。

「待って！　だめっ、落ち着いて！」

飛びついて止めながら、ウォルター伯爵を振《ふ》り返る。一歩間違《まちが》えたら斬《き》られるという状況《じょうきょう》なのに、まったく動じていない。ロジオンの存在も、何を言えば彼が駆けつけてくるかも、彼をミレーユが止めるであろうこともすべてわかっていたかのようだ。前評判通り、かなりの曲者《くせもの》なのかもしれない。

「彼がいると知ってたのにあたしを誘《さそ》ったのは、どうして？」

用心深く見つめて訊ねると、さて、とつぶやいて伯爵は少し考え込んだ。

「……あなたと会ってみたかったから。近くでゆっくり顔を見て、声を聞いてみたかったから。——でしょうかね」

意外な答えが返ってきて、ミレーユは少し戸惑《とまど》った。それまでと違い、そう言った時の彼の瞳には純粋《じゅんすい》な親愛の情が浮《う》かんでいたような気がしたのだ。だが親愛を向けられる覚えもないから、おそらくは気のせいだったのだろう。

「最後に一つ、教えてほしいんですけど。リヒャルトの弟のことです。五番目の公子様、今どこにいるか知りませんか？」

「五番目の……。いいえ。存じませんね」

伯爵はやんわりと首を振り、ミレーユを見つめて微笑んだ。

「今日はあなたとお話できてよかった。ご一緒できないのは残念ですが……。でも、いずれは私の筋書き通りに動いてくださると信じていますよ。ミレーユ嬢」

「——ロジオン、ごめんね、心配かけて」

部屋を出たミレーユは、物陰《ものかげ》に潜《ひそ》んで控《ひか》えたロジオンに小声で謝った。ウォルター伯爵のお遊びだったから助かったが、もし本当に薬を盛られていたら大変なことになるところだったのだ。敵方のあやしい人だというのはわかっていたのだから、もっと注意すべきだった。

「いえ、私の認識《にんしき》が甘かったようです。危害は加えまいと踏《ふ》んでミシェル様をお止めしませんでしたが、慎重《しんちょう》になるべきでした」

いつも通りの落ち着いた様子でそう言った彼は、おそらく以前ウォルター伯爵に会いたいとミレーユが宣言したのを覚えていたのだろう。だから会うのを止めなかったのだ。

「ねえロジオン。リヒャルトも神殿《しんでん》に来ることになってたのね。どうして黙《だま》ってたの？」

神殿に行きたいと思ったのは、あくまでリヒャルトが近づけないのではと思ったからだ。本人が行くと知っても気持ちは変わらなかっただろうが、知っていて止めなかったのが不思議だった。

「若君は、神官長様と個人的なお話ができるかどうかわかりません。しかし証人になっていただきたいのは真実です。ですので、ミシェル様にお力になっていただこうと思いました」

淡々《たんたん》と答えたロジオンは、一通の封書《ふうしょ》を差し出した。宛名《あてな》はミシェルとなっている。

「公女殿下《でんか》より返書をお預かりしてまいりました」

「えっ。会えたの？　団長に見つからなかった？」

自分はミレーユという名のアルテマリスの公爵《こうしゃく》の娘《むすめ》で、事情があって騎士《きし》団に潜入《せんにゅう》しているということをあらためて手紙につづり、届けるよう頼んだのはつい昨日のことだ。文章に起こしたものを見るにつけ、我ながら突拍子《とっぴょうし》もない内容であるのに気づいて、エルミアーナが信じてくれるか不安だったのだが、礼を言って手紙を広げたミレーユはみるみる目を輝《かがや》かせた。

親愛なるミシェル王子さま、の一文で始まる手紙には、『あなたのおっしゃることを信じます』と記されている。せっかく見つけた王子様なのに残念だという思いがひしひしと伝わってはくるものの、神殿から帰ってきたら迎《むか》えに行くから宝剣を持ってきてほしいという申し出も受けてくれた。

「リヒャルトのところに一緒に来てくれるって！　やったわね！」

彼女の身柄《みがら》保護と宝剣《ほうけん》の譲渡《じょうと》の目処《めど》がついたわけだ。残るは神官長との交渉《こうしょう》である。

(言っちゃ悪いけど、あんな胡散臭《うさんくさ》い人が敵なんだもの。何が何でも神官長様を味方につけなきゃ……)

ウォルター伯爵の顔を思い出し、ミレーユは固く拳《こぶし》を握《にぎ》りしめた。

「……でも、なんでウォルター伯爵はここに来てたのかしらね？」

ふと疑問に思ったが、ロジオンはかすかに眉根《まゆね》を寄せただけで何も言わなかった。

神話劇の奉納《ほうのう》は夜通し行われていた。

神殿の本殿《ほんでん》前には噴水《ふんすい》広場があり、中で演じられる劇の声が漏《も》れ聞こえてくるのを人々は思い思いの姿勢で聞いていた。上演中は、演じ手以外の者は本殿に入ることができないのだ。奉納劇はあくまで神々にささげるものだから、という理由からである。

上演が終わった劇団の者らは控え室に戻《もど》る者が多かったが、休んでいる者はあまりいなかった。彼らにとって上演後の酒宴《しゅえん》も含《ふく》めて、一種の祭りのようなものらしい。宴会《えんかい》場と化した控え室は真夜中だというのに大盛り上がりの騒《さわ》ぎぶりだ。

そんな中、ミレーユは目当ての建物を物陰に潜んでうかがっていた。

酒宴など馬鹿《ばか》らしいという主義のアレックスは既《すで》に寝室《しんしつ》で眠りこけていたから、抜け出すのも容易《たやす》かった。問題はこれからだ。

三階建ての石造りの建物の周辺には、ざっと数えただけで四人の人影《ひとかげ》がある。神官長の部屋がある三階へ上がるには正面の入り口から入らねばならないが、時間が時間だからなのか鉄製の重そうな扉は固く閉じられていた。

(ま、それは別にいいわ。どうせ入るにはあれを使うんだし)

ミレーユは建物の傍《そば》にそびえる木々を見つめた。高さとしても三階まで充分届いているし、枝ぶりがしっかりしているのも調査済みだ。あれを登って三階の回廊《かいろう》に飛び移るくらいは、訳はない。ただ、そこにたどり着くまで警備兵らとの交戦は免《まぬか》れないだろう。

木々までの距離《きより》を目測し、別の物陰に潜むロジオンに合図を送る。音もなく動いたロジオンが警備兵らを次々に倒《たお》していくのを見ていたミレーユは、最後の一人がやられるのを見るや、猛然《もうぜん》と駆け出した。

目をつけていた木に飛びつき、急いでよじのぼる。女物の服では若干《じゃっかん》やりにくいが、その分必死だった。人目に付いたらおしまいなのだ。

なるべく揺《ゆ》らさないよう気をつけながら枝を渡《わた》り、三階の回廊めがけて勢いよく飛ぶ。さすがに少し音をたててしまったが、しばらく耳を澄《す》ましても誰《だれ》も様子を見に来る気配はない。

(よし……！)

下を見ると、気絶させた警備兵らをロジオンが物陰へ運んでいる。これから彼は警備兵になりきって正面の鉄扉《てっぴ》の前で見張り役を務めることになっていた。

静かな回廊を、ミレーユは靴《くつ》を脱《ぬ》ぎ捨てて走った。角の手前までくると立ち止まり、用心深く目だけのぞかせてうかがう。

神官長の部屋の前に警備兵が一人、眠そうな顔で立っているのを見つけ、ポケットを探った。拾っておいた石ころを二つ取り出すと、思い切り腕《うで》を振りかぶる。

(――ふんっっ！)

回廊の突《つ》き当たりに向けて投げつけると、うまく壁《かべ》にぶつかって転がったらしく、カラカラと乾《かわ》いた音が響《ひび》いた。警備兵がびくっとして顔をあげ、恐《おそ》る恐るといった足取りでそちらへ向かっていく。その姿が完全に角を曲がって見えなくなると、ミレーユは部屋の扉めがけて一気に走り寄り、すみやかに扉を開けて中へ飛び込んだ。

（や……った……）

息を殺して整えながら、薄暗《うすぐら》い部屋の中を見回す。夕方に来た時と同じ場所だ。神官長はもう休んでいるのか、姿は見えない。

「どなたですかな」

突然《とつぜん》声がして、ミレーユは軽く飛び上がった。

慌ててそちらを見ると、奥の帳《とばり》の隙間《すきま》から顔がのぞいている。目をしょぼしょぼさせているのは神官長その人だ。それに気づいて急いで駆け寄った。

「すみません、突然無断で入ってきたりして。あの、あやしい者じゃありません。神官長様にどうしてもお話を聞いていただきたくて、訪ねてきました」

声をひそめて切り出すと、神官長は帳をかき分けてこちらへ出てきた。やはり休んでいたらしく、眠《ねむ》そうな顔をしていたが、問答無用でつまみ出すつもりはなさそうだ。

「どちらのお嬢《じょう》さんかな。こんな夜更《よふ》けに、一体何のご用です……」

言いかけて、おや、と瞬《また》く。

「先刻、第五師団のご使者と一緒《いっしょ》にいらした方ですな。おや、しかし……、おやおや」

「え？」

「……お嬢さん、ですな。正真正銘《しょうしんしょうめい》の。夕刻お会いした時は、確か見習いの騎士だとうかがったはずだが……」

ずばり言い当てられ、ミレーユは驚《おどろ》いた。女装したままだから女に見えるのは自然なのだろうが、騎士団に潜入して以降見破られたことがなかったので、少し動揺《どうよう》してしまう。

「どうしてわかるんですか？　……はっ。まさか、超能力《ちょうのうりょく》で……⁉」

「いやいや。どこをどう見てもお嬢さんでしょう。男だと言う人がいるとしたら、きっと目が節穴なんでしょうな。ま、お掛《か》けなさい。お茶くらい出しましょう」

　フフフと楽しげに笑って見つめられ、ミレーユは戸惑った。非常識な訪問だというのは百も承知しているから、こんな反応をされるなんて思ってもいなかったのだが。

「……あのー。神官長様は、怒《おこ》ってらっしゃらないように見えますけど。どうしてですか？　こんな夜中にいきなり忍《しの》び込んできたのに……」

　奥に招かれ、椅子《いす》に座らされてお茶まで出される。好待遇《たいぐう》の理由がわからず、おずおずと訊《たず》ねると、神官長は茶をすすりながら目を細めた。

「若いお嬢さんに夜ばいをかけられて嬉《うれ》しくない男はおりませんよ」

「えっ⁉　そんな、あたしそんなつもりじゃ」

「いやはや、これは冗談《じょうだん》」

　軽く声をあげて笑い、彼は思い出したように身を乗り出した。

「ところで。お嬢さんは、一体どこのどなたです？」

「ああっ、すみません。――ミレーユと言います。初めまして」

「ミレーユ。最近どこかで聞いたが……」

首をひねって考えている神官長を見て、ミレーユは少し迷った。けれども、いきなり夜中に押しかけていく手前、素姓《すじょう》くらいは明かさないと話は聞いてもらえないだろうと思っていたので、出来る限り話すことにする。

「シアラン大公に嫁《とつ》いできた、アルテマリスの公爵の娘です」

「ああ……そうそう。おや、では宮殿《きゅうでん》に入られたのは、もしや」

「はい、それは身代わりで、本物はあたしです。事情があって、素姓を隠《かく》して第五師団においてもらってるんです」

「……男に扮《ふん》して？」

興味深そうに見つめられ、少し恥《は》ずかしくなりながらうなずく。やはり常識ある人から見れば奇異《きい》なことに映るのだろう。

「ふむふむ。で、そのミレーユ嬢が、わしにどういったご用件ですかな」

「実は、神官長様にお願いがあるんです。――八年前の件に関して」

「シアランの政変の件ですかな？」

「はい。王太子だったエセルバートさまのことです」

神官長は意外そうに瞬いた。彼にとっては馴染《なじ》みのある名だろうが、それがアルテマリスから来た公爵の娘《むすめ》の口から出たことに、少し驚いたらしかった。

「従姉《いとこ》を殺したっていう無実の罪を着せられて、追放《ついほう》されてると聞いてます。彼が無罪だという証言をしていただきたいんです。お願いします！」

必死の思いでミレーユは訴《うった》えた。彼の無実を証明できる証人の一人とこうして会う機会なんて、きっと二度とないだろう。何しろ神殿に一般《いっぱん》人が入れるのは三年に一回だけなのだ。この機会を逃《のが》すわけにはいかない。

神官長は茶の入ったカップを持ったままミレーユを見つめていたが、ふとあらたまったようにそれをテーブルに置いた。

「……先程《さきほど》、訊《き》かれましたな。いきなり忍び込んできたのに怒っていないのかと」

「え？　ええ」

「実はわかっておったのですよ、あなたが今夜この部屋に忍んでこられることは。それで部屋周辺の警備を薄《うす》くしておくよう手配して、待っていたのです」

思いも寄らない告白に、ミレーユは息を呑《の》んで相手を凝視《ぎょうし》した。ここを訪ねることを知っているのは自分とロジオンだけのはずなのに。だが言われてみればいやにあっさりここまでたどり着けた気がしたのも確かだ。

「このようなことを言っても、すぐには信じられないでしょうが……。この神殿《しんでん》には、少しばかり常人と違う能力を持つ者が集まっております。中には、未来を視《み》ることができる者もおりましてな。その者が進言してきたのですよ」

「……あたしがここに来る、って？」

「正確には、『蒼《あお》い月が飛び込んでくる』と言っておりましたな」

「蒼い月……？」

そんな神秘的な予言があったとは。しかし一体何のことかさっぱりわからない。戸惑《とまど》っていると、神官長が窓の外をゆっくりと指さした。

「今宵《こよい》は蒼月《そうげつ》が出ておりますでしょう。シアランの神話に、運命をつかさどる神の話がありましてな。その象徴《しょうちょう》が蒼月なのですよ。一年に三日間だけのぼる、まあ、縁起《えんぎ》物ですな。それになぞらえて、今宵は運命が飛び込んでくるなどとはしゃいで報告してきましてなぁ」

「え……、まったく心当たりがないんですけど……。もしかして人違《ひとちが》いじゃ？　あたしの後でまた誰か訪ねてくるとか」

「まあまあ。落ち着いて、よく思い出してご覧なさい。何か青いものを身につけておいでではないですかな？」

なだめるように言われ、腕を組んで考え込む。いつも着ている制服は青系統の色をしているが、今日は着ていない。第一、常に肌身《はだみ》離《はな》さず持ち歩いているものなんて、潜入《せんにゅう》記録帳と、あとは——。

「……ああっ！」

ミレーユは急いで首にかけていた紐《ひも》をたぐり寄せた。服の下から現れた小さな布袋《ぬのぶくろ》を開き、中から二つのかたまりを取り出す。

「これ……、『月の涙《なみだ》』！」

リヒャルトに返すためいつも持ち歩いていた、彼の母の形見の耳飾《みみかざ》り。くるんだ布をはずすと、美しい蒼い石がかすかな明かりを受けてきらめいた。

「蒼い月って、これのことじゃ⁉」

「これは……先の大公妃殿下《ひでんか》のお持ち物ですな、確か。一体、どうしてあなたが？」

「リヒャル……じゃなくて、エセルバートさまにもらったんです。でも、返さないといけないんですけど」

さっき会った時に返せばよかったと反省していると、驚いた顔で黙《だま》っていた神官長がおもむろに口を開いた。

「ミレーユ嬢は、もしや殿下と恋仲《こいなか》なのですかな？」

まじまじと見ながら言われ、ミレーユは赤面して目を泳がせた。

「えっ……、いや、違……」

「ふぅ〜ん……。殿下もやるようになられたんですなあ」

「ち、違いますよ！　そういうんじゃないと思いますっ！」

「まあ、これで予言の意味がわかって何よりです。確かに飛び込んできましたな、運命が」

赤くなってあたふたするミレーユを眺《なが》めながら、神官長はどこか満足げに目を細めて笑う。

ミレーユは熱い頬《ほお》をなだめつつ、話を戻《もど》そうと試みた。

「それで、神官長様。エセルバートさまの件、証言していただけますか？」

すると彼は心なしか目見《まみ》をくもらせた。

「申し訳ないのですが、それは今すぐにはお約束できないのですよ。ミレーユ嬢」

「どうしてっ？」

「神殿の機密に関することですので、お話はできませぬが……。ですが、いずれ時がくれば必ずお役に立ちましょう。それまでもずっと、殿下のお味方であると誓《ちか》って申し上げます」

胸に手を当て、神官長は穏《おだ》やかに微笑《ほほえ》む。つい数時間前、ウォルター伯爵《はくしゃく》も同じようなことを言っていたが、彼と違って神官長の言葉には誠実なものが感じられた。この人なら信じられると素直《すなお》に思える。そのことにはほっとしたが、だからと言ってすぐには引き下がれない。

「……神官長様は、八年もここに閉じこめられてると聞いてます。理由があって、エセルバートさまの無実の証言はできないんだって。そんなふうだから、きっとひどい扱《あつか》いを受けてるんだと思ってました。でも見た限り、そうは見えません。それはどうしてなんですか？」

ずっと疑問だったことをぶつけてみる。責めているわけではなく純粋《じゅんすい》に不思議だったのだ。

神官長は少し困ったような顔で髭《ひげ》をなでた。

「八年も幽閉《ゆうへい》されているのは、単純に、命を握《にぎ》られているからですな。ひどい扱いを受けていないのは、まあ、シアラン人は信心深いから……でしょうかな。我々は一応、神の使いということになっておりますので。実際に傷つけたり迫害《はくがい》したりする勇気がないのでしょう。たたりが怖《こわ》いというところですな。おかげで無事に過ごせておりますが」

「命を握られてるって、秘密親衛隊に監視《かんし》されてるとか？」

「ん〜む……」

なおも困ったようにうなり、神官長は忙《せわ》しなく髭をなでた。

「あまり詳《くわ》しいことをお知りにならないほうが、あなたのためだとは思うが……。しかし教えなかったらご自分で調べに行ってしまいそうだし、お教えしたほうがよさそうですな。——我々が大公に逆らえぬのは、文字通り命を握られておるからです。神殿では〈星〉と呼ばれておるものですが、それを八年前のあの時に盗《ぬす》まれてしまいましてな」

「星……」

「ああ、そこは詳しく知らなくても結構ですよ。神殿の禁忌《きんき》に近い秘密ですので、できれば忘れてくださると嬉しいですな。それを大公から取り戻すまでは、わしは動くわけにはいかんのです。百にものぼろうかという神官たちの命を預かる身ですので」

「……」

ミレーユは難しい顔で黙り込み、やがて顔をあげた。

「その星って、宮殿にあるんですか？　大公が持ってるんですよね」

「あ、いけませんぞ、取り戻しに行こうなどと考えては。——いいですか、ミレーユ嬢《じょう》」

なぜ考えていることがわかったのかと驚《おどろ》くミレーユに、神官長は初めて見せるような真剣《しんけん》な目をして見つめた。

「大公に近づいてはいけません。あれは危険すぎる。よろしいですか、絶対ですぞ」

「……はい」

とても逆らえない雰囲気《ふんいき》に呑《の》まれ、ミレーユはこくりとうなずいた。神官長という立場で、しかも人生経験豊富そうな彼がそこまで言うのだから、大公とはよほど危険な人物なのだろう。そんな人と戦おうとしているリヒャルトのことがあらためて心配になってきた。

「そういえば、明日の夜にエセルバートさまとお会いになるんですよね。他《ほか》の貴族の人たちも来るって聞きましたけど、ウォルター伯爵も参加されるんですか？」

「ああ、いえ、あの方は違います。個人的な理由で、人捜《さが》しをしていただいておりましてな。その人物が見つかったというので、今夜連れてきていただいたのですよ」

「へえ……」

言われてみれば、ウォルター伯爵もそんなことを言っていた気がする。敵方のはずの伯爵に神官長が個人的なことを頼《たの》んでいたというのがふと気になって、ミレーユの返した笑《え》みは少し曖昧《あいまい》なものになった。

「じゃあ、今日、第五師団からきた密使は？　関係あるんですか？」

「ああ、第五師団長のヴィレンス将軍からの協力要請《ようせい》ですな。殿下の帰還《きかん》の噂《うわさ》を耳にしたが、何か知らないかと。あの方も大公ににらまれて大変そうですなあ」

「え……じゃあやっぱり団長は反大公派……！」

思いがけないところから情報を得て、ミレーユはたちまち笑顔になった。離宮《りきゅう》へ戻ったらただちにエルミアーナを保護し、今度こそ団長と接触《せっしょく》しよう。そう心に決めて、そろそろ帰ることにした。

翌早朝。夜更《よふ》かししたにもかかわらず、ミレーユはすこぶる幸せな気分で目を覚ました。

何しろ、昨夜は素晴《すば》らしい出来事がたくさんあった。シャルロットに再会したこと、エルミアーナから手紙の返事がきたこと、神官長と会って、彼がリヒャルトの味方だとわかったこと。ジャックがリヒャルトの味方らしいこと。そしてリヒャルトが、一緒《いっしょ》に連れて行くと言ってくれたこと。

(……って、にやにやしてる場合じゃなかった)

急いで起き上がり、身支度《じたく》を調《ととの》える。広い控《ひか》え室を二つに区切った寝室《しんしつ》では、女性たちが思い思いに雑魚《ざこ》寝《ね》している。眠《ねむ》りこける彼女たちを避《よ》けながら、そっと控え室を抜《ぬ》け出した。

話したいことがあるからとロジオンにリヒャルトを呼び出してもらったのは、昨夜二人で話した神殿裏の林だった。湖から立ち上った靄《もや》が木々の間をただよい、まだ薄暗《うすぐら》い早朝を幻想的《げんそう》に彩《いろど》っている。

先に待っていたリヒャルトは、出迎《でむか》えるなりマントを肩《かた》から着せかけてくれた。

「ありがとう……」

礼を言うと、微笑んで首もとの紐を結んでくれる。これまでもよくこんなふうに世話を焼いてもらったものだが、昨夜お姫《ひめ》様呼ばわりされたことを思い出して、少し意識してしまった。

「あ、あのね。話っていうのは、エルミアーナさまのことなの。手紙のお返事がきたのよ。それで、エルミアーナさまも一緒にあなたのところに行っていいか訊《き》こうと思って」

リヒャルトは微苦笑《びくしょう》して、ミレーユの頰にかかった髪《かみ》を指先で払《はら》った。

「あなたは、俺のやるべき仕事をどんどんこなしてしまいますね。知らないうちに連絡《れんらく》まで取って……」

「正確にいうと、連絡を取り付けたのはロジオンよ。だからロジオンのおかげよ」

一番の働き者は間違《まちが》いなく彼だろう。ミレーユはただ手紙を書いて届けてもらっただけだ。それにリヒャルトが他のことで忙《いそが》しいから、自分にやれそうなことを手伝おうとしているだけに過ぎない。

「そうだ、それとね、昨日ウォルター伯爵と会ったの。気をつけたほうがいいと思うわ」

打ち明けた途端《とたん》、それまでにこやかだったリヒャルトの顔色がさっと変わった。

「伯爵って……、何かされませんでしたか!?」

がしっと肩をつかまれ、ものすごい勢いで聞かれてミレーユはたじろいだ。

「だ、大丈夫《だいじょうぶ》、話しただけ」

「話したって、何を！」

「え、ええと、一緒にこないかとか……。あ、もちろん断ったけどね。あと、誰《だれ》かを連れてきたって言ってたわ。具体的には聞かなかったけど……」

本当はそんなことより、リヒャルトが国王と交《か》わした『密約』のほうが気にかかっていた。本人に確かめるまでは信じないと思っていたはずなのに、今は口に出す勇気がなく、答える声は自然と小さくなった。

「そうか……。彼もここに来ているんですね。一体なぜ……」

厳しい目をしてつぶやき、リヒャルトは顔をのぞきこむようにして言い含《ふく》める。

「彼は、あなたを使って俺に復讐《ふくしゅう》しようとしてるんです。何をするつもりかわかりませんが、あなたのことを欲しがっている。彼の言うことは全部でたらめですから、信用しないで」

ミレーユは目をそらしたままうなずいた。そういう答えを期待していたはずなのになぜだか心が晴れやかになれないのは、彼がもし本当に国王と密約をかわしていたとしても、それは正しいことだという気がするからかもしれなかった。国のため、自分を待っていてくれる人たちのために選んだことなのだろうから。

もしそうだったとしたら、そこまでの覚悟《かくご》をして故郷へ帰った人に、一人で苦労をさせるわけにはいかない。あらためて決意し、ミレーユは首からさげていた紐《ひも》をたぐった。

「あと、これ——」

服の下から『月の涙《なみだ》』が入った袋《ふくろ》を取り出す。昨夜はこれのおかげで「運命が飛び込んできた」なんて言われて面《おも》はゆい思いをしたものだが、忍《しの》び込んできた娘《むすめ》がエセルバート王太子に関《かか》わりのある者だったのだから、神殿《しんでん》側にしてみればある意味運命といえるのかもしれない。

「そもそもこれを返すために追いかけてきたのよ。本当はシルフレイアさまのお城で渡《わた》すはずだったんだけど、できなかったから。箱は離宮に置いてあるから、あとで返すわね」

怪訝《けげん》そうに受け取ったリヒャルトは、中身を見ると、意表を衝《つ》かれたような顔になった。

「これを持ってたらあなたが王太子だっていう証明になるってルーディに聞いて、ずっと返さなきゃって思ってたの。それに、これってお母さんの形見なんでしょ。あなたが持ってなきゃいけないと思うのよね」

リヒャルトは黙《だま》ったまま耳飾《みみかざ》りを見ている。何かを考えているような表情だ。

「それにね、これってきっとお守りになると思うの。今まであたしを守ってくれたから。昨夜だって神官ちょ……、いやっ、と、とにかく。あなたは今夜、神官長様とか偉《えら》い人たちと会うわけだから、一つでも多くこういうのを持ってたほうがいいと思うの」

うっかり昨夜の神官長との密会を口にしそうになり、慌《あわ》ててごまかした。知られたらお説教が始まるのは明らかだし、秘密にしておくに限る——などと考えていたら、ふいに彼が口を開いた。

「これはあなたにあげたものだから、もうあなたのものです」

「だけど、これがないと……」

「俺は大丈夫ですから、あなたが持っていてください」

「でも……。いらないの？　どうして？」

セシリアから預かってきた首飾《くびかざ》りを返した時は、少し寂《さび》しそうではあったがすんなりと受け取ったのに。そんなに頑《かたく》なに固辞されては、自分が悪いことをしているような気がしてしまう。

リヒャルトは少しぼんやりとしたような眼差《まなざ》しで、蒼《あお》い石を見下ろした。

「昔、母に言われたんです。いつか好きな人ができたら、その人に贈《おく》るようにと。シアランを出た時になくしたままだったし、母の言葉も忘れていたけど……」

「でも、ここにあるじゃない」

「ええ。フレッドが取り戻《もど》してくれたんですよ。この時機に手元に戻ってきたのは、何かの運命かもしれませんね」

微笑《ほほえ》んでそう言うと、リヒャルトは耳飾りを丁寧《ていねい》に布にくるみ直した。袋の中にしまいこみ、掌《てのひら》の中にあるそれを眺《なが》めながらぽつりと続ける。

「アルテマリスにいた頃《ころ》、このままずっとここにいようかと思ったことが一度だけあります。

――あなたにこれを贈った時です」

「え……」

この耳飾りを贈られた夜のことは、よく覚えている。あの日はアルテマリスの聖誕祭で、ミレーユの十七歳の誕生日だった。そして、生まれて初めて家族以外の男の人から贈り物をもらった日になった。

「だけど、それからすぐにあんなことになって……。正直、罰《ばち》が当たったんだと思いました。身の丈《たけ》に合わないことを望んだから、その報《むく》いなんだと」

「な……何言ってるの、あなたに罰を当てる人なんて誰もいないわ。考えすぎよ」

思い詰《つ》めたように言うので慌てて口を出すと、リヒャルトは微笑み、耳飾りの入った布袋《ぬのぶくろ》の紐をミレーユの首にかけ直した。

「だから、これ……、……っ⁉」

言い返そうとしたら、指で唇《くちびる》を封《ふう》じられてしまった。何のつもりかとミレーユは赤くなったが、無言のまま見つめてきたリヒャルトは、ふと笑みを消した。

「この上あなたのことを望んだらどんな事態になるのか、それを恐《おそ》れるあまり言えなかった。何よりあなた自身、貴族の生活は合わないと言っていたから、一生をそれに縛《しば》り付けるような真似《まね》をしたくなかったんです。だから、逃《に》げ出した。──でも今は……」

いつだったか、確かにそんなことを彼にこぼした覚えがある。何気なく言っただけだったから、彼がそれを覚えていたことが意外だった。

ミレーユの首に布袋の紐をかけたリヒャルトは、そのままその両肩《りょうかた》に手をやった。

「どんな天罰《てんばつ》が下ってもいいから、あなたのことが欲しい。そう思います」

まっすぐ向けられた眼差しがあまりにも真剣《しんけん》で、目がそらせなかった。ただ見つめられているだけなのに息苦しさを感じて、ミレーユは忙《せわ》しなく瞬《またた》いた。

「それは、つまり……、どうすればいいの？」

「あなたがどうしてそんなに俺と一緒《いっしょ》にいたいのか、考えた上で答えを出してくれたら嬉《うれ》しいですね」

「どうしてって、そりゃ……、リヒャルトが遠くに行っちゃって、もう会えないと思ったから、それで……」

「寂しくなって、俺に会いたくなった？」

そっと手をとられて、一瞬怯《いっしゅんひる》んだが、結局は素直《すなお》にうなずいた。

「まあ……、極論するとそんな感じだけど……」

「俺も寂しかったですよ。あなたが追いかけてきてくれて、一緒にいたいと言ってくれた時は死ぬほど嬉しかった」

「嘘《うそ》。あの時はそんなこと、全然言ってなかったじゃない」

それどころか嫌《きら》いとまで言ったくせにと、むっとして反論すると、あの時の冷たさとは別人のように困った顔をして、彼はため息まじりに髪をかきあげた。

「あの時は……なんというか、衝撃《しょうげき》発言の連発で頭に血がのぼってしまって……。……軽蔑《けいべつ》しましたか？」

思い詰めた顔で訊いてくるので、ミレーユはたじろいだ。なんだかこっちがいじめているような気分になってくる。

「いや……そこまでは思ってないけど……」

まあ、復讐してやるとは思ったが。だが不思議と彼の言うように軽蔑なんてしなかった。あの時はただびっくりして、呆然《ぼうぜん》としてわけがわからなくて、それから――。

「……別の人みたいに、怖《こわ》かった」

気まずそうな顔で一瞬《いっしゅん》目を泳がせたリヒャルトは、観念したように目線を戻し、ミレーユを見つめた。

「――ごめんなさい」

その声の優《やさ》しさに、胸が甘い痛みをともなって疼《うず》くのがわかった。

いつもは冷たい手が、今日は温かく感じる。思えば彼と手をつなぐのは久しぶりだ。大きな掌は、以前は頼《たの》もしい保護者のように思っていたのに、今では少し落ち着かない。

——と、そこで例の件を思い出したミレーユは、慌てて手を振《ふ》り払《はら》った。

「そんな優しい顔して謝ってもだめよ！　言っとくけど、あたし執念《しゅうねん》深い性質《たち》だから。一生ねちねち言ってやるからっ！」

「一生ですか……。それは光栄です」

「なに笑ってるのよっ、あたし怒《おこ》ってるのよ！　あなたをぶっ飛ばすって言ってるの！」

「そうですか。じゃあどうぞ、気が済むまで存分にぶっ飛ばしてください」

怒っていると言っているのに、何をそんなに楽しそうな顔をしているのか。余裕《よゆう》のある態度を見せられ、余裕などないミレーユは頬《ほお》をほてらせた。

「ああそう、だったら今から必殺技《わざ》をお見舞《みま》いしてやるわよ、武器を取ってくるから首を洗って待ってるといいわ！」

捨て台詞《ぜりふ》を吐《は》いて駆《か》け出そうとすると、リヒャルトが慌てたように腕《うで》をつかんで引き止めた。

「ちょっと待って、その前にさっきの話の続きを。——すみません、あなたのふくれ面《つら》が見たくて、つい脱線《だっせん》してしまいました」

「なんでそんなものが見たいの？」

「ふくれ面が一番可愛《かわい》いから」

「——⁉」

思いがけない返しに怯《ひる》んで目を瞠《みは》るミレーユに、リヒャルトは真面目《まじめ》な顔に戻って続けた。

「この前、傍《そば》にいたいと言ってくれましたね。でも、傍にいてくれるというなら今だけじゃ嫌《いや》です。これから先、今だけじゃなくずっとシアランにいてほしい」

「ずっと、って、つまり……、ずっと？」

そう、とうなずいて、彼は再びミレーユの手をとった。

「あなたにとっては簡単な決断じゃないと思うけど、それでも残ることを選んでくれたなら、俺は最初の誓《ちか》いを貫《つらぬ》きます。何があっても、誰《だれ》が何と言っても、自分が盾《たて》になってあなたを守ると」

それは、初めてフレッドの身代わりになった時、護衛役だったリヒャルトが言ってくれた言葉だった。あなたの盾になります、なんて爽《さわ》やかな笑《え》みでさらりと言われて、どきどきしたことを思い出す。

「な……なんで急に、そんなこと、言うの……？」

あの時とはまた違った動揺《どうよう》が押し寄せて、つっかえながら訊《たず》ねると、リヒャルトは耳飾《みみかざ》りの入った袋《ふくろ》を軽くつまんだ。

「言ったでしょう。これは好きな人に贈るものだって。だからあなたに贈ったんです」

「……」

自分の顔が赤くなるのがわかって、ミレーユは必死に冷静になろうとした。しかしそうすればするほど今言われたことが頭の中で反響《はんきょう》する。そういえば昨夜も彼の口からその言葉が出たのを思い出し、ますます頬が熱くなった。

（い、いや、でも、好きにもいろいろ種類があるし……、き……気のせいかもしれないし）

「ミレーユ、わかってますか？」

「うっ、うん、わかってる！　フレッドもいつもそんなこと言ってたし！」

往生際《おうじょうぎわ》悪く考えているところに顔をのぞきこまれ、焦《あせ》って思わず叫《さけ》んでしまう。すると彼は少しの間黙《だま》り込み、真顔になった。

「彼と同列に考えないでほしい。彼とあなたは兄妹《きょうだい》だけど、俺は違います」

うっとミレーユは言葉に詰まった。そんなことはわかりきっていたはずなのに、あらためて言われるとうろたえてしまう。

「ちゃんと男として俺を見てください」

「み……見てる、けど……」

「……やっぱりわかっていないようなので、はっきり言います」

「みぎゃ――っっ!!　ちょっと待ってぇ！」

動揺が頂点に達したミレーユは、飛びつくようにしてリヒャルトの口を覆《おお》った。はあはあと激しく息を切らしているのを見て不憫《ふびん》になったのか、彼は一旦《いったん》退くことにしてくれるらしかった。

「じゃあ、続きは神殿《しんでん》から戻《もど》ったら聞いてください。約束ですよ」

彼は口を覆っていた手をはずして握り直すと、ミレーユの指に軽く口づけた。そのまま目線をあげて微笑《ほほえ》みかけるので、うなずかないわけにもいかなくなる。

「わ……わかった」

徐々《じょじょ》に空が白みはじめる。冬の夜明けは遅《おそ》い。所属劇団とともに神殿を退出する時間が迫《せま》っていることに気づき、ミレーユはリヒャルトを見上げた。彼もわかっているようで、軽くうなずく。

「気をつけてね……」

「ええ。──あなたも」

他《ほか》にもいろいろ言いたいことがあるのに、うまく言葉にならない。それがもどかしかった。絡《から》めるようにつないでいた指が、名残惜《なごりお》しげにほどける。

朝靄《あさもや》の木立の中、いつまでも見送ってくれる彼のことを何度となく振り返りながら、ミレーユはその場をあとにした。


朝までかけて二十一神への神話劇の奉納《ほうのう》が終わり、それと入れ替《か》わるように今日は楽団が神へ捧《ささ》げる音楽を奏《かな》でている。

出番を終えた劇団役者たちは、朝八時の開門にのぞんで長蛇《ちょうだ》の列を作っていた。もうとっくに門は開き、退出手続きが始まっているはずだが、列はなかなか進む様子を見せない。

「あーあ。結局何しにきたんだろうな、僕たち」

幌馬車《ほろばしゃ》の荷台によりかかっていたアレックスが、欠伸《あくび》まじりにぼやく。わざわざ女装までさせられたのに、ただ使者に立った副長に同行しただけだったのだから、ぼやきたくもなるのだろう。

そうだね、と生返事してミレーユはぼんやりと前を過ぎる人の波を眺《なが》めていた。それなりに忙《いそが》しかった昨夜のことを思い返して、ついでに今朝方リヒャルトと会ったことを思い出す。

（ほんとに、どうして急に態度が変わったんだろ……）

シアランへ来てからの彼は、厳しかったり怖かったりという表情がほとんどだった。冷たいことも言われたし、何度も置いていかれた。そのたびに、必要とされていないのだと感じて悲しく思ったりしたものだが、昨日の夜から彼はおかしい。なんというか、開き直った雰囲気《ふんいき》を感じるのだ。

（約束しちゃったし……どうしよう……リヒャルトっていつ離宮《りきゅう》に帰ってくるんだっけ？）

思い返して悶《もだ》えながら、荷台に積まれた毛布に突《つ》っ伏《ぷ》す。本殿《ほんでん》の方角から聞こえる音色と、各自練習しているらしいその他の楽団の音色が入り交じって流れてくるのに、ぼんやりと意識を向ける。

（ウォルター伯爵《はくしゃく》に言われたこと、結局リヒャルトに訊《き》けなかった……）

本当に、他の姫《ひめ》と結婚話《けっこんばなし》が進んでいるのだろうか。それは構わないが——いや、構わなくはないが、それがリヒャルトにとって最良の道ならそれでいいと思える——しかし、そうだとすると、離宮に帰ってくる彼をどんな顔をして待っていたらいいのだろう。

（……ん？）

ふと、流れてくる旋律《せんりつ》に聞き覚えのあるものが交じっている気がして、ミレーユは思わず顔をあげた。

「どうかした？」

アレックスが訝《いぶか》しげに振り返る。ミレーユはしばらく息を止めて固まっていたが、急いで荷台から飛び降りて走り出した。

「ミシェル!?」

後ろでアレックスが驚《おどろ》いたように叫ぶ。だがミレーユの耳には届かなかった。

聞こえているのはバイオリンの音色だけ。遠い思い出の日からよみがえったようなその旋律だけだ。

十二歳の誕生日を、生まれて初めて家族以外で祝ってくれた少年。彼が作曲して演奏してくれた曲が、この神殿のどこかから聞こえてくる。自分たち以外に知っているのは母と祖父くらいなものだ。つまり、この音色の先にいるのは彼しかありえない。

回廊《かいろう》を駆《か》け抜《ぬ》けた先には、枯《か》れた芝生《しばふ》の地面が広がっていた。冬色の何もない庭だ。

そこに一脚《きゃく》の椅子《いす》が置いてあった。座面には楽譜《がくふ》らしきものが載《の》っており、重石《おもし》で押さえられて端《はし》だけが風にひらひらと遊んでいる。その傍に、一人の少年がいた。

ゆるやかな黒髪《くろかみ》が頬にかかり、物憂《ものう》げに目を伏《ふ》せている彼は、思い出の中よりも随分《ずいぶん》背が伸《の》びていた。だが、バイオリンを弾《ひ》く時に見せるどこか寂《さび》しげな表情はほとんど変わっていない。

驚きと懐《なつ》かしさと嬉《うれ》しさで、ミレーユは叫んだ。

「キリル！」

音が途切《とぎ》れる。少年はゆっくりと顔をあげてこちらを見た。

驚いたような表情を浮《う》かべている。相変わらず、綺麗《きれい》で大人しそうな顔立ちだった。

「キリルでしょ……？」

震《ふる》えそうな声で確認《かくにん》すると、彼の目にそれまでとは違う驚きの色が浮かんだ。突然《とつぜん》名を呼ばれたからではない、明らかにこちらが誰なのかを悟《さと》ったのだ。

「……ミレーユ？」

つぶやくように名を呼んだ声は、昔と違って大人の色になっている。ミレーユは庭へ飛び降り、急いで駆《か》け寄った。

「そうよ、ミレーユよ！」

「ミレーユ。……本当に君なのか？」

キリルは何度も瞬《まばた》きしながら呆然《ぼうぜん》としたように見つめてくる。彼の中ではリゼランド王国の下町パン屋の娘《むすめ》という認識しかないだろうから、他国の、しかも神殿という一種異様な場所で再会したことが信じられずにいるのだろう。

「驚いた……。まさかこんなところで会うなんて」

「あたしもびっくりしたわ！　神話劇をしにきたの。臨時で手伝うことになって」

「ああ。そういえば、劇が好きだったよね」

ため息まじりにつぶやき、こちらの説明に懐かしそうな顔をする。母親が違うとはいえリヒャルトの弟なのだが、似ているとは思わなかった。物静かな印象のあった顔立ちは、年月を経て少しだけ冷たそうな容貌《ようぼう》となっていて、そこが優《やさ》しげなリヒャルトと決定的に違っている。

「キリル、大きくなったわね」

「そりゃそうさ。もう十七だよ」

「あ、そっか。そりゃそうよね。ねえ、バイオリンも上手になったわ。昔から上手だったけど、もっとうまくなった」

「そう？　ありがとう」

受け流すようにしてキリルは軽く笑い、椅子に立てかけていたバイオリンケースを持ち上げながら続けた。

「君は変わってないね。相変わらず屈託《くったく》がなくて、元気で可愛《かわい》らしい」

「へ」

「……本当に、相変わらずだ」

独り言のようにつぶやいて、彼は椅子に置いていた楽譜をつかんだ。ケースを開けてバイオリンをしまい、楽譜を握りつぶすように丸める。その仕草が少し乱暴に思えて——ついでに言うならそう言った彼がとても冷たい目をしたような気がして、ミレーユは戸惑《とまど》って見つめた。

「この曲のこと、覚えてたんだ」

穏《おだ》やかな声で言われ、はっと我に返ってうなずく。

「もちろん。忘れるわけないでしょ」

「そう。じゃあ、約束のことも覚えてる？　この曲の名前を教えに、また会いにくるって」

「ええ、覚えてるわ。だけどあなた、あれきり一度もこなかったじゃない」

　キリルは無言のままケースの留め具をはめる。その時になって、彼が濃《こ》い臙脂色《えんじいろ》の制服らしきものを着ていることに初めて気づいた。バイオリンを今も続けていて、しかも奉納芸術祭が行われている神殿に来ているということは、聖楽隊として招かれたのだろう。一体どこの楽団にいるのかと聞いてみようと思った時、キリルが口を開いた。

「行ったよ。君に会いに。二年……いや、三年前になるかな」

「えっ？　うそ！　うちに来たの？　おじいちゃんもママも、何も言ってなかったけど……」

　彼が訪ねてくれれば話題に上らないはずがない。変だなと思いながらも、ミレーユはあらためてキリルを笑顔《えがお》で見つめた。

「でも、会えてうれしい。また会いたかったから」

「──俺は会いたくなかったね。そしてこれきり二度と会うこともないよ」

　硬《かた》い声でそう言うと、彼はいきなり踵《きびす》を返した。咄嗟《とっさ》に何を言われたのかわからず、ミレーユはぽかんとして、走り去る後ろ姿を見送ってしまった。

（……え？　な、なに、どういうこと？）

　ようやく我に返り、慌《あわ》てて追いかける。直前までなごやかに再会を喜んでいたはずなのに、なぜ突然《とつぜん》逃げ出したのか。会いたくなかったなどと言われる覚えもない。

「キリル、待って！」

建物脇《わき》の小道を抜け、キリルはごった返す退出待ちの行列のほうへ向かっていく。逃《に》がすかとばかりにミレーユは速度をあげた。

「待ってったら！」

たちまち追いつき、腕《うで》をつかまえて引き留めると、彼は息を切らしながら振《ふ》り向いた。

「相変わらず、馬鹿《ばか》みたいに足が速いんだな！　そういうのも変わってないわけか」

「馬鹿とは何よ、失礼な！」

昔はそんなことを言う人ではなかったのに。馬鹿呼ばわりされてカチンときながらも、少し驚いて、ミレーユは彼を自分のほうに向き直らせた。

「一体どういうことなの？　なんで、会いたくなかったって……」

「なんで、だって？　忘れたのか？　俺を裏切っただろ。曲をささげたのに……」

敵意のこもった目でにらまれて、ミレーユは呆然となった。わけを聞き出せたというのに、何が何だかさっぱりわからない。裏切るとかどうとか、彼と自分はそんな物騒《ぶっそう》な関係ではなかったはずだ。

「なに……？　それ、どういう意味――」

「ミシェル！」

問いただそうと口を開きかけた時、背後でアレックスの声がした。そちらを見たキリルが、はっと強《こわ》ばった顔になる。

「急にどうしたんだよ！　僕は文系なんだからな、あんまり走らせないでくれよ」

息せき切ってやってきたアレックスは、駆け去ったミレーユを追ってきてくれたらしい。つい彼に気をとられた隙《すき》に、キリルが素早《すばや》く踵を返した。

「あっ……、待って！」

慌てて呼びかけた時には、すでに彼の姿は列をなす劇団役者や荷馬車の群れにまぎれこんでいた。ミレーユは急いで追いかけたが、キリルの姿を捜《さが》し出すことはできなかった。

「何してるんだ、早く戻《もど》ろう。劇団と一緒《いっしょ》にいないと、ここから出られないんだぜ」

「うん、けど……！」

追ってきたアレックスに促《うなが》され、ミレーユは焦《あせ》りながらキリルが消えた人混《ご》みを見やった。こんな奇跡《きせき》のような再会を逃《のが》すなんてできない。だがアレックスの言うのももっともで、このままキリルを捜してここに残れば、所属する劇団に確実に迷惑《めいわく》をかけることになる。

「――どうした？」

おろおろしていたら、よその劇団員らしい若い男が寄ってきた。それがヒースだと気づいたミレーユは咄嗟にすがりついた。

「お願い、追いかけて！　キリルがいたのよ！」

必死の思いで訴《うった》えると、ヒースは驚《おどろ》いたように目を見開き、すぐに真顔になった。

「どこだ？」

「あっち！　臙脂色の服を着てたわ、それにバイオリンのケースを持ってる！」

早口での説明に、ヒースは返事もせずに示した方向へ走って行く。ミレーユははらはらしながらそれを見送った。あとは彼が無事につかまえてくれるのを祈《いの》るしかない。

「誰《だれ》？　知り合いにでも会ったのか？」

不思議そうなアレックスを何とかごまかし、ミレーユは後ろ髪《がみ》をひかれる思いで神殿《しんでん》をあとにすることになった。


所属する楽団の控《ひか》え室まで戻ってくると、激しく息を切らしているのを見た同僚《どうりよう》が不審《ふしん》そうに声をかけてきた。

「どうかしたの、キリル。そんな――怖《こわ》い顔して」

追ってきていないか、後ろを振り返って確認していたキリルは、乱れた髪《かみ》をかきあげ不機嫌《ふきげん》な顔で答えた。

「ええ、ちょっと。――大嫌《だいきら》いな女に会ったんです」

言った後で、自分の発言に苦虫を噛《か》みつぶしたような気分になる。それを何だと思ったのか、同僚は冷やかすように笑って肩《かた》をたたいた。

「それはそれは。こんなところで会うなんて、ある意味運命の相手なんじゃない？」

「……」

くだらない軽口にますます気分が悪くなり、キリルは無言のまま控え室を出た。自分が動揺《どうよう》していることも腹立たしい。外の空気を吸おうと庭へ向かおうとしたが、そこで脇道《わきみち》から出てきた誰かにさっと腕をつかまれた。

息をはずませ、硬い表情でこちらを見下ろしているのは見覚えのある若い男だ。

「……ヒースおじさん」

「その呼び方やめろ」

心底嫌《いや》そうに言って、彼は人のいない回廊《かいろう》の隅《すみ》までキリルをひきずっていく。運命のいたずら、というのは確かにあるのかもしれない。こんな場所で同日に二人も、昔の知り合いに会うとは思わなかった。

「──今までどこにいた？」

息を整えるまもなく、ヒースはいきなり詰問《きつもん》してきた。何も言わずに姿を消したことを少しは気にしていたのかと思い、キリルは正直に答えた。

「先生のところ。今は先生がやってる楽団にいる」

「どうして黙《だま》っていなくなったりしたんだ」

「シアランの貴族が訪ねてきたから。それで、連れ戻されると思って、逃げた」

ヒースは驚いた顔で黙ったが、やがて眉根《まゆね》を寄せた。

「なんで俺に言わなかった。その貴族ってのは、一体誰だ」

「サラのお兄さんだよ。アンドリュー……今はウォルター伯爵《はくしゃく》って言ったっけ」

「閣下が？　おまえのことを捜し当ててたのか……」

意外そうにつぶやく彼に、キリルは素《そ》っ気なく現在の心境を訴えた。

「俺のことはもう放《ほう》っておいてくれないかな。今更《いまさら》ごたごたに巻き込まれるなんてごめんだ」

「ああ、安心しろ、別におまえを連れ戻したいわけじゃない。第一、ギルフォードの後釜《あとがま》はもう他《ほか》にいる」

その言葉にキリルは初めて興味をひかれた。すぐ下の妹以外、兄弟は全員シアランを追われている。めぼしい親戚《しんせき》も処分されているはずなのに。

「兄さんたちの誰かが戻ったのか」

「まあな」

「へえ。二番目？　三番目？　ひょっとして四番目かな」

「四番目だ」

ふうん、と思わずうなる。順当と言えば順当だ。彼もまた、キリルにとっては懐《なつ》かしい人だった。

「王太子殿下《でんか》ね……。貧乏《びんぼう》くじを引くのはやっぱりあの人か。死んだと聞いたけど、無事だったんだ」

あの嵐《あらし》の夜、暗がりで別れたきりの、一番親しかった兄。音楽の才能に兄弟中もっとも恵《めぐ》まれていた自分は、父の所望《しょもう》でよく彼と協奏をしたものだ。たまにそこに加わることのあったサラが兄を庇《かば》って死んだ時、自分も一部始終を見ていた。まだ生きてる、どうして助けないんだと叫《さけ》ぶ兄を、従者たちが力ずくで押さえ込み、黙らせた――あの隠《かく》し部屋での出来事は、今でも時々思い出す。

ついでに、おそらくそんな事情を知らないであろうサラの兄が突然《とつぜん》訪ねてきた時のことを、キリルはふと思い出した。

「ウォルター伯爵が言ってたけど……兄さんは知ってるのかな。――宮殿の玉座にいるあの男が、偽者《にせもの》だってこと」

一緒に来ないかと申し出た伯爵が打ち明けてきた、とっておきらしい『秘密』。何の戯言《たわごと》かと思わなくもなかったが、目の前にいるヒースの顔を見て、急に真実味がわいてきた。

「……驚いてないね。あなたも知ってたのか」

少なくとも彼は無関係ではない。あの夜、宮殿にいた一人で、自分の逃亡《とうぼう》を手伝ってくれた恩人だ。そしてそのために幽閉《ゆうへい》を免《まぬか》れた希少な神官の一人でもある。自由が利《き》く神官が何人くらいいるのかは知らないが、神殿を解放するためなら何でもやるだろうし、誰とでも手を組むに違いない。たとえそれが、王太子に恨《うら》みを持つ者であったとしても。

「あなただけじゃない、神官長もグルなんだね」

「グルっておまえ、人聞きの悪い」

肩を揺《ゆ》らしてヒースが苦笑《くしょう》する。否定しない彼をキリルはじっと見つめた。

「ひょっとして――本物はここにいる？」

第五章　敵か味方か

宿舎に戻って着替《きが》えを済ませると、ミレーユは書記官室へと向かった。

途中《とちゅう》、廊下《ろうか》で会った書記官室の室長から、急用を頼《たの》まれたのである。机に置いてある書類をすぐに清書してほしいとのことだった。団長から下りてきた仕事と言われたら、副長に指示された報告書より優先するしかない。

本当はそんなことよりも、神殿での出来事が気になって仕方がなかったのだが――。

(キリル、なんであんなこと言ってきたんだろう。あたし、何か嫌《きら》われるようなことした……？　ヒースが追いついて捕《つか》まえてくれてればいいんだけど……)

神官長が証人として難しい今、頼《たよ》れるのはキリルだけだ。やはり自分も残って捜すべきだっただろうか？

(ていうか、すごい偶然《ぐうぜん》よね。たまたま行った神殿で会うなんて。……偶然？　偶然じゃないとしたら……。ウォルター伯爵も来てたし、偶然にしては出来すぎてる気がする。ひょっとして伯爵が連れてきたって言ってたの、キリルだったとか……？)

悶々《もんもん》と考えるが、答えはわからない。唯一《ゆいいつ》わかっているのは、団長がリヒャルトの味方で神官長と仲間らしいということだ。それだけでもすごい収穫《しゅうかく》だと思い直し、書記官室に入る。

中にはラウールはじめ数人の書記官がいた。ミレーユは急いで自分の机に行き、指示通り置いてあった封書《ふうしょ》を開けた。なんとか判読できる殴《なぐ》り書きの筆跡《ひっせき》は、間違《まちが》いなく団長のものだ。

とりあえず下書きしようと、ペンを片手に解読を始めたが、やがて内容を理解するとともに息を呑《の》んだ。

（何、これ……）

宛名《あてな》は秘密親衛隊隊長となっている。そして内容はエルミアーナ公女に関するものだった。

『先日はこちらの不手際《ふてぎわ》で書簡を確認《かくにん》できず、申し訳ない。あらためて内容を確認したのでお知らせする。公女の暗殺は、指示どおり近日決行する。隊内には知らせず、盗賊《とうぞく》の仕業《しわざ》として処理する予定。大公殿下にはすべて滞《とどこお》りなく行うと伝えてほしい――』

呆然《ぼうぜん》として最後まで読むと、ミレーユは信じられない思いでもう一度読み通した。

（何なのよ、これって！）

あのジャックが書いたものとはとても思えなかった。大公の間者に監視《かんし》されながらも、エルミアーナを刺客《しかく》から助け、どこかに匿《かくま》っているはずのあの彼が。

「――先輩《せんぱい》！」

きっと何かの間違いだ。そう思いつつも驚《おどろ》きで手が震《ふる》えそうになりながら、ミレーユはラウールの机へと走った。

「ラウール先輩っ！」

ペンを走らせていたラウールが、牙《きば》を剝《む》きかねない勢いで顔をあげた。

「うるさいわ！　放り出されたいのか！」

「これ、見てください！」

血相を変えて書類を差し出すのを見て、彼は心底鬱陶《うっとう》しそうに、しかめっ面《つら》を向けた。

「なんだ。また煩悩《ぼんのう》に関することだったら出入り禁止にするからな！」

キスしたことあるかと聞いたのを根に持っているらしい。ひったくるように取り上げて目を走らせたが、すぐさま表情を変えた。

冷静な顔になって黙り込んだ彼は、やがてその書類をひょいと突《つ》き返した。

「忘れろ。もしくは見なかったことにしろ」

「なっ……!?」

抗議《こうぎ》しようとすると、冷たい目を向けられた。

「書記官はいちいち書類の内容を気にしてはいかんのだ。機密事項《じこう》を目にするたび騒《さわ》ぎ立てていたら仕事にならんだろうが。そして書記官という部署も成立しなくなる。私心を持つな」

「だからって、こんな手紙を見てほっとけって言うんですか!?」

「その通りだ。俺たちには関係ない。それを糾弾するのは俺たちの仕事じゃない！」

きっぱりとした断言に、部屋の中が静まりかえる。二人の言い争いから、他の書記官たちも書類の内容に大体の見当はついたようだった。そういうものだという意識が浸透《しんとう》しているのか、誰《だれ》一人、ミレーユの肩《かた》を持つ者はいない。

書記官は、あくまでも書類を作ったり管理したりするだけ。その内容がたとえ人の道にはずれるものであったとしても、見て見ぬふりをしなければならない。今言われたのは、つまりそういうことだろう。

（そんな馬鹿《ばか》な話があるわけ……⁉）

そうして秘密を保持する機関だからこそ、書記官という職務に誇《ほこ》りを持っているのかもしれないし、実際に機能しているわけだから在り方としては正しいのかもしれない。だがミレーユには到底見逃《とうていみのが》せることではなかった。未熟だと言われようと、納得《なっとく》できないものはできない。

大きく深呼吸し、手紙を持ったまま踵《きびす》を返す。

「わかりました。――団長に直接聞いてみます！」

「……ミシェル！」

扉《とびら》を閉める時、ラウールの苛立《いらだ》ったような声が追いかけてきたが、ミレーユは構わず書記官室を飛び出した。

いきなり団長室に怒鳴《どな》り込んできた見習い騎士《きし》を、ジャックは少し驚いたように迎《むか》えた。

「どうした？　そんな怖《こわ》い顔をして」

いつも通りのあっけらかんとした様子に、ミレーユはますます頭に血がのぼった。そんな顔をして、裏では暗殺の実行を考えているなんてと、失望に近い感情がわき起こる。思えばミレーユはこの陽気で呑気《のんき》な団長のことを敬愛していたのだ。

「この書類、本当のことなんですか⁉」

彼直筆の手紙を卓《たく》に突きつけるように置くと、ジャックはそれを見やり、今度はミレーユを見て、最終的に横に控《ひか》えた副長を見やった。

「おいおい……。随分《ずいぶん》あっさり餌《えさ》に食いついたなぁ」

肘《ひじ》掛《か》けに肘をつき、ぼやくように彼は言う。とぼけるつもりなのかとミレーユはさらに詰《つ》め寄った。

「団長、答えてください！」

「ふむ。本当だったら、どうするんだ？　何かおまえにとって不都合なのか」

「あたりまえです！　やめてください、暗殺なんて！」

「なぜ？」

「……なぜ、って。そんなの、人が殺されそうだって時に、理由なんて――」

「誰の命令で、そう言わされているんだ？」

椅子《いす》の背に深くもたれるようにして、ジャックは真っ直《す》ぐこちらを見つめる。いつになく鋭《するど》い視線に、ミレーユはたじろいだ。

(命令？　一体何のこと……？)

意味がわからず、横に控えた副長を見る。もともと冷静な顔の彼だが、今日はますます冴《さ》え冴《ざ》えとした目をしていた。さらに部屋の後方に書記官室の室長までもがいたのに気づき、違和《いわ》感《かん》を覚える。

と、開けっ放しだった扉からラウールが駆《か》け込んできた。ミレーユがいるのを見て舌打ちし、上官に向かって敬礼する。

「この馬鹿……！　申し訳ありません、すぐにつまみ出します」

「いや、構わん。ミシェルは私に用があるようだ。私も聞きたいことがあるしな」

ジャックはゆったりと椅子に沈《しず》み込み、足を組んだ。

「ミシェル。おまえは神殿《しんでん》で二人きりでウォルター伯爵《はくしゃく》閣下と会い、さらに夜中に神官長のもとへ忍《しの》んで行った。神殿の警備兵に手引きをさせたそうだが……。随分と顔が広いな。偶然ここへたどり着いた記憶喪失《きおくそうしつ》の人間にしては」

「……」

「どうして知っているのかという顔だな。簡単だ。イゼルスとアレックスに監視させていた。おまえが神殿で何かしでかすんじゃないかと思ってな。まあ、アレックスには事情を知らせていない。おまえが何かヘマをしないよう見ていてくれと頼《たの》んだだけだ」

一つ一つ、何を言われたのか反芻《はんすう》し、ミレーユはすっと背筋が冷えたのを感じた。

言われてみれば、一人で行動している時、決まってアレックスが捜《さが》しにきた。あれは偶然でも彼の親切でもなく、仕組まれたことだったのだ。そしてイゼルスにもずっと監視されていた――。

「隊士や使用人らに探《さぐ》りを入れ、公女殿下《でんか》に近づき、姉だという女まで引き込んだ。おまえのやり口を大胆不敵《だいたんふてき》と言えばいいのか、大間抜《まぬ》けと言えばいいのか。判断できずに随分悩《ずいぶんなや》んだぞ」

嘆《なげ》くように言って、ジャックは表情を消した。

「ミシェル。——おまえは誰なんだ?」

ミレーユは何も言えずに、ただ立ちつくして団長を見返した。

ようやく気がついて呆然としていた。気のいい若き団長は、何気なく近づいてはずっと見張っていたのだ。言い方からして最初から疑っていたのだろう。そんなことも知らず、騎士団に潜入《せんにゅう》できたと単純に喜んでいたなんて——。

「実はな。先頃《さきごろ》、隊内で裏切り者を捕《と》らえた。そこにいるラウールの通報でな」

ジャックは静かに話を続けた。

「やつは大公から送り込まれてきて、第五師団の情報を流していた。そのせいで、大分《だいぶ》まずいことになっている。私も職を追われるわけにはいかんのでな。少しでも間者の疑いのある者は排除《はいじょ》する。ミシェル、おまえもだ」

「は……? ミシェルが、あいつの仲間だと仰《おっしゃ》るんですか? このボンクラが!?」

凍《こお》り付いたようにミレーユを見ていたラウールが、愕然《がくぜん》と叫《さけ》ぶ。

「無理です! こんな馬鹿が間者など……ありえません!」

「そうですよ! わたし、大公の間者なんかじゃありません!」

ミレーユは青ざめて一歩踏《ふ》み出した。排除するとはつまり、始末されるということだろうか。

「間者は誰でもそう言うんだぞ。疑いを晴らしたいのなら、おまえの素姓《すじょう》と目的を言え」

その追及《ついきゅう》に、ぐっと怯《ひる》む。自分は大公に嫁《とつ》ぐはずだった本物のミレーユで、帰還《きかん》した王太子であるリヒャルトを追ってやってきたと、馬鹿正直に話したらどうなるだろう。ジャックらは大公と敵対しているような素振《そぶ》りだが、だからと言ってリヒャルトの味方と決まったわけではない。何より公女暗殺に応じようとしている人にその秘密を知られるわけにはいかない。

「……それを言ったら、エルミアーナさまの暗殺をやめてくれるんですか？」

「ふむ。口が堅《かた》いな」

「だって、こっちだって、あなたのことを信用できません！　大公からの間者をつかまえたとか言ってるくせに、エルミアーナさまの暗殺には応じるつもりだなんて。敵なのか味方なのかはっきりしてください！　そしたら交渉《こうしょう》に応じますから！」

いきなり文句をつけ始めたミレーユを、ジャックは呆気《あっけ》にとられた顔で見た。

「本当に暗殺するつもりじゃないいんでしょう？　誘《おび》き出すための作り物なんですよね、この手紙」

それを確認《かくにん》できたら、後は話し合いでなんとでもしてみせると思った。だがジャックは首を振《ふ》った。

「必要とあればやるさ。申し訳ないことだが、私には公女殿下より優先すべきお方がいる」

「なんっ……てことを……！」

ミレーユは愕然と彼を見つめた。そんなに平然として、あっさり見捨てると宣言するなんて。もうこうなったら、自分を頼《たよ》ってきてくれた彼女を守るのは自分しかいない。

「そっちがその気なら、エルミアーナさまはわたしが守ります。そんなに暗殺したいんなら、まずわたしを倒《たお》してからにしてください！」

だーん、と卓をたたいて宣言すると、部屋の中が静まりかえった。ラウールと室長は啞然《あぜん》として目を瞠《みは》り、イゼルスは何かを探るようにじっと見つめている。

肘掛けにもたれて頬杖《ほおづえ》をついたまま、ミレーユの視線を受けていたジャックは、ふっと不敵な笑《え》みを浮《う》かべた。

「私と決闘《けっとう》するというのか？　ミシェル。そんなに公女殿下が好きなのか」

「ええ、大好きです！」

ふん、と楽しげに口元をゆるめ、団長は立ち上がる。

「熱い男は好きだぞ。じゃあ、久々にやるか。――イゼルス、あれを」

終始無言だった副長は、その指示に黙《だま》ったまま部屋を出て行った。


演習場にて向かい合う派手な衣装の二人組を、事情を知らない隊士らは怪訝《けげん》そうに眺《なが》めていた。

「何だ、あれ。仮装大会でもやってんの？」

「昼間っから酔狂《すいきょう》だな」

呑気《のんき》な評を交《か》わし合っているところに、情報を手に入れた者が割り込んでくる。

「おい、あれって決闘してるらしいぜ」

「決闘って、誰《だれ》が？」

「団長とミシェル！」

その言葉に、彼らはわけがわからぬといった顔で目を見交わした。

「まじで!?　どうなってんだ？」

「とにかく行ってみようぜ！　こんなこと滅多《めった》にない！」

「俺、他《ほか》のやつらにも知らせてくる！」

平和でのどかな第五師団に突然《とつぜん》降って湧《わ》いた出来事に、隊士らは浮き立ちながらそちらへと走っていった。


「——どうあっても、素姓を言う気にならないか？」

金の飾《かざ》りがついた真っ赤な衣装に身を包んだジャックが、剣《けん》を片手に切り出した。

真冬の風が吹《ふ》きすさぶ、昼下がりの演習場。同じく剣を持ち、明るい紫色《むらさきいろ》の衣装を着たミレーユは断固としてうなずいた。

「団長が暗殺する気を撤回《てっかい》してくれない限り、絶対に言いません」

ジャックの私物である派手な決闘用衣装に着替《きが》えた二人は、イゼルスを立会人に、向かい合って剣を握《にぎ》った拳《こぶし》を胸に当てる。ただし真剣《しんけん》ではなく木製の剣だった。致命傷《ちめいしょう》を負わせると後の尋問《じんもん》に響《ひび》くからと不敵な笑みで言われ、団長はどうやら本気のようだとミレーユも覚悟《かくご》を決めた。

衣装とそろいの真っ赤な帽子《ぼうし》をかぶり、ジャックは堂々と宣言する。

「言っておくが、私はかなり強いぞ」

「ええ……。そうみたいですね」

彼が剣を振るっているところを見たのは皆無《かいむ》だが、今こうして目の前にいる彼は戦い慣れた空気をまとっていた。余裕《よゆう》があるのに気を抜《ぬ》いていない。言うなれば隙《すき》がないのだ。同じ木刀を用いての勝負と言っても、下町で不良相手に挑《いど》む喧嘩《けんか》とはわけが違う。

危ないことをするなと言ったリヒャルトの顔を思い出す。今からやろうとしていることは、間違《まちが》いなく危ないことだろう。大の大人の男、それもれっきとした騎士《きし》団の団長と決闘しようとしているなんて。

(だからって、暗殺するつもりだってわかってて黙っていられるかってのよ……!!)

ここにリヒャルトがいれば同じことをしただろう。今は彼の代わりに自分が勝負を挑んでいるだけだ。心の中で彼にそう言い訳して、決闘に頭を切り換《か》える。

「いいのか? 手は抜かんぞ」

「……もちろんです」

うなずいたのを見ると、ジャックは満足げにあたりを見渡《みわた》し、朗々と宣言した。

「おまえたち、手を出すなよ！　正々堂々の勝負だからな！」

話を聞きつけて続々と集まってきていた隊士らが、何事かと周囲に人垣《ひとがき》を作っている。誰かに聞いてやってきたらしい聞き慣れた声がいくつも聞こえてきた。

「ミシェル!?　なんだよ、その頓狂《とんきょう》な恰好《かっこう》は！」

アレックスの呆《あき》れたような声に、テオの興奮した声が続く。

「勝負服っすか！　アニキは何着てってもハマるっすね！　さすがっす！」

「おまえ馬鹿《ばか》か？　なんでミシェルが勝負服着るんだよ。一体何と勝負するっていうん……、は？　決闘？」

事情を知らなかったのか、服装のことばかり言及《げんきゅう》していた二人だったが、ようやく誰かに教えてもらったらしい。少し間があって、驚愕《きょうがく》したような叫びが押し寄せてきた。

「何を血迷ってるんだ！　何でいきなり決闘!?　君の行動ってまったく読めないんだけど！」

「アニキ！　出入りならそう言ってくださいよ！　オレ、あいつら呼んできますんで！」

「では、始め」

周囲の喧噪《けんそう》を無視して、イゼルスが冷静な開始の合図を出す。心なしか重心を低めたように見えた。

ジャックがすっと右腕《みぎうで》を引いて木刀を斜《なな》めに構《かま》える。ミレーユはしばらく木刀を構えたただ立っているだけのようなのに、まるで隙が感じられない。ミレーユはしばらく木刀を構えたまま様子をうかがったが、取っかかりがないと悟《さと》り、とりあえず打って出た。

「とりゃ――――っっ！」

大きく振りかぶって打ちかかると、ジャックは難なくそれを受け止めた。渾身《こんしん》の力を込めているつもりなのに、相手はまるで風でも吹いたのかと言いたげな顔で余裕綽々《よゆうしゃくしゃく》である。

「そんな剣筋では、私は倒せんなぁ……」

にやりと笑い、彼はひょいと手首を返すようにして押し戻《もど》す。それほど力を入れたようには見えなかったが、ミレーユは軽々と吹き飛ばされ、地面に転がった。

（……強い！）

転んだ拍子《ひょうし》に口に入った砂を吐《は》き捨て、急いで向き直る。膂力《りょりょく》がまるで自分とは別物だ。こんなにも違うとは正直思っていなかった。

「どうした。もう終わりか？」

拍子抜《ひょうしぬ》けしたように言われ、キッとにらみつけて立ち上がる。

「まだまだ――――ッ！」

叫《さけ》びながら、今度は初手より力をこめて打ちかかった。またもあっさり受けたジャックが、さっと半身を引いて交差した木刀を受け流す。急に反動がなくなり、ミレーユは前のめりに転んだ。

「おまえのように熱い若者は、個人的には大好きだ！」

すっと剣先《けんさき》を落としてミレーユの鼻先に突《つ》きつけ、彼は試《ため》すように続けた。

「しかし、私の気のせいか？　威勢《いせい》のいいのは口だけらしい。そうやって転がってばかりでは、永遠に公女殿下を守れはしないぞ」

口だけと言われて猛烈《もうれつ》に頭に来た。公女の暗殺に応じようとしているような人には、そんなことを言われたくない。

「──アニキ！　助太刀《すけだち》します！」

勇ましい声が聞こえ、ミレーユははっとそちらを見た。舎弟《しやてい》軍団を引き連れてきたらしいテオが、今にもナイフを投げようと構えている。

「だめだ！」

咄嗟《とっさ》に叫ぶと、彼はぴたりと動きを止めた。不穏《ふおん》な雰囲気《ふんいき》をまといつつ上着を脱《ぬ》ぎ捨てていた舎弟らも意外そうな顔になる。

「男同士の勝負に口出しするな！　やったら全員破門する！」

「アニキ……っ！」

「しかしアニキさん……！」

舎弟らはミレーユの剣幕《けんまく》にたじろいでいる。兄貴分の破門宣言は思った以上に効いたらしく、誰もかれもが飛び出そうとしていた足を止めたが、やがて耐《た》えかねたように傍《そば》の樹木に頭を打ち付けはじめた。

「見てらんねえええ！　だが破門は嫌《いや》だ！」

「うおおおっアニキ──！」

必死で助太刀したい欲求に耐える彼らをよそに、立ち上がったミレーユは、木刀を構え直し、

「……っ！」

相手を見据《みす》えた。

「口だけかどうか、後で吠《ほ》え面《づら》かかないでほしいですね！」

生意気な見習いの発言に、ふん、とジャックは楽しげに唇《くちびる》をつりあげた。


ロジオンがそれを聞きつけて現場に急行した時、決闘《けっとう》はすでに佳境《かきょう》を迎《むか》えていた。

彼は何も護衛役として怠慢《たいまん》していたわけではなかった。主《あるじ》が神殿《しんでん》から帰れば、ミレーユを迎え入れるという。そのめでたき出来事のため、ミレーユがすぐ馴《な》染《じ》めるようにと隠《かく》れ部屋を調《ととの》えていたのである。

それなのに、宿舎に戻ってきてみると、なんと団長と決闘している真っ最中だという。半信半疑で駆《か》けつけてみれば、やけに派手な衣装を砂埃《すなぼこり》まみれにした彼女が、本当に木刀を持って団長と対峙《たいじ》している。普段《ふだん》あまり驚《おどろ》いたりなどしない性質《たち》の彼だが、これればかりは少し——いや、かなり驚いた。

やんやと囃《はや》し立てる隊士らを急いでかきわけ、前へ出る。もう何度目になるのか、果敢《かかん》に打ちかかって行ったミレーユがあっさりとはね返されて転んだのを見て、ロジオンは咄嗟に剣に手をかけた。

「——！」

抜こうとした瞬間《しゅんかん》、ぐっと誰《だれ》かに手を押さえられる。見ると、イゼルスが顔色も変えず傍に立っていた。目線は決闘中の二人に注がれたままだ。

「よせ。おまえの出る幕じゃない」

冷静な制止を構わず、ロジオンはなおも剣を抜こうとした。焦燥《しょうそう》を見抜《みぬ》いたのか、イゼルスの視線が向けられる。

「おまえが三人目か？」

「……!?」

冷ややかな眼差《まなざ》しを受け止め、ロジオンは柄《つか》を握《にぎ》る手に一瞬《いっしゅん》力を込めた。ここで彼と交戦するか否《いな》か迷う。勝てる自信はあったが、それはあまりにも愚《おろ》かな策だった。どこの誰が間者として傍で見ているかわからないのだ。

ならば一か八《ばち》か、取れる策は一つしかない。

「――私はソラリーヤ子爵《ししゃく》家の者です」

押し殺した声で言うと、イゼルスの表情がわずかに動いた。それが王太子の乳母《うば》を務めていた者の実家の爵位だとすぐ気づいたらしかった。

「……ミシェルも関係者か？」

「そうです。我々は敵ではない。すぐに止めてください」

どっと歓声《かんせい》が沸《わ》き起こる。二人は同時にそちらへと目線を走らせた。

地面に転がったミレーユは、そのまま座り込んでうなだれていた。

「もう諦《あきら》めるのか、ミシェル」

立ち上がらないどころか、いつまでも動こうとしないのを見て、ジャックが声をかける。それでも反応がないのを見てとり、ここまでかという顔で剣《けん》をおろした。

「元気の良さと男気だけは一級品だが……修練が足らんな。本気で好きな女を守りたいなら、もっと己《おのれ》を知ることだ」

もっともらしく語り出した彼は、これが間者疑惑《ぎわく》や暗殺計画がからんだ決闘だということを忘れたかのように楽しんでいる様子だ。

「まあ、その根性《こんじょう》は認めてやるが……」

うつむいたまま、ミレーユはぎらりと目を光らせる。相手がすぐ傍まで来たのを確認《かくにん》し、頃《ころ》合《あ》いを計って振《ふ》り向きざま思い切り腕《うで》を振りあげた。

「くらえぇっ！」

「ぬおっ⁉」

砂の目つぶしを投げつけられ、ジャックはよろけるように後退《あとずさ》る。飛び起きたミレーユは木刀を振りかぶって突進《とっしん》した。

「おりゃあ――――っっ‼」

ぎょっとしたように目を瞠《みは》り、ジャックは何とかそれを受けた。それまでと違い、余裕《よゆう》のない防御《ぼうぎょ》だったのは誰の目にも明らかだった。危《あや》うく一撃《いちげき》あびせられそうになった団長の姿に、周囲の騎士《きし》たちからどよめきが起こる。

「おまえ……っ、騎士の決闘で何て卑怯《ひきょう》な真似《まね》を！」

驚愕したように叫ぶジャックに、ミレーユはフンと鼻を鳴らした。

「卑怯だ何だって言ってる場合じゃないんですよ、こっちは。どんな手を使ってでも勝つ！　暗殺に応じようとしてる人なんかに絶対負けない！」

勇ましい宣言に、ジャックの表情がふと動く。半分からかいの混じっていた眼差しが、見直したような好意的なものへと変わった。

観客からうおおと歓声が飛んだ。

「アニキー！　やべっ、まじかっけえぇぇ！」

「男の中の男っす！　男惚《ぼ》れするっす！」

「いいぞ、やっちまえー！　……で、これ何の勝負だっけ？」

命のやりとりをしているはずの決闘だが、ジャックの余裕加減とミレーユの破れかぶれな突進具合のせいでいまいち緊張感《きんちょうかん》に欠けてしまっている。今や観客の騎士らも何かの余興を見ているかのような気分になっていた。

真剣《しんけん》なのはミレーユただ一人だ。腕力《わんりょく》や剣技でかなうわけがないのだから、砂の目つぶしだろうと何だろうと繰《く》り出さなければ永遠に勝利をつかむことなどできない。この勝負、何としてでも勝たなければならないのだ。

「ふんっ！」

第二の裏技《うらわざ》・石あられを繰り出すと、ジャックは「痛《いて》ぇ！」と腕を顔の前にかばうように掲《かか》げた。

「こらー！　礫《つぶて》はよせ、痛いじゃないか！　子どもの喧嘩《けんか》じゃないんだぞ！」

「覚悟《かくご》――――っっ!!」

苦情を無視して躍《おど》りかかる。が、間一髪《かんいっぱつ》で避《よ》けられ、勢い余って前のめりに転がった。

「ちっ……。もう少しだったのにっ」

悔《くや》しげに舌打ちするミレーユを、一転押され気味になっているジャックは呆《あき》れたように眺《なが》めた。いくら命がかかっているとはいえ、この勝ちへの執着《しゅうちゃく》ぶりは尋常《じんじょう》ではない。

団長がそんなことを思っている隙《すき》に、ミレーユは次なる裏技を繰り出すか否か検討していた。

「こうなったら最終奥義《おうぎ》……」

じっと見つめたままつぶやくと、ジャックが軽く眉根《まゆね》を寄せた。

「……股間《こかん》に熱い視線を感じるんだが……」

「ママには命の危機に陥《おちい》った時しかやっちゃだめって言われてたけど……」

ゆらりと立ち上がり、木刀を構え直す。剣先《けんさき》がぴたりとどこに照準を向けているのか気づき、ジャックは顔を引きつらせた。

「おい、よせ。早まるな！　おまえも男ならわかるだろう!?」

相手は完全に腰《こし》が引けている。ミレーユは突撃《とつげき》の途中《とちゅう》で木刀を再び構え直した。下を狙《ねら》うと見せかけて、注意ががら空きになっている上へと照準を変える。

「とりゃあ――!」

今度こそ仕留めたと思ったが、相手もさる者ですかさず受け止められた。斬《き》り結んだ双方《そうほう》は、互《たが》いに引かないまま、じりじりとにらみ合った。

体力で言えば、何度も向かっていっては転がされるほうが段違《だんちが》いに消耗《しょうもう》している。にもかかわらず、息を切らしながらも瞳《ひとみ》の力を失わないミレーユを、ジャックは怪訝《けげん》そうに見つめた。

「おまえはどうして引かない? どうせもう勝てないとわかってるだろう」

「団長こそ、どうして本気を出さないんですか? まさか遊んでるんじゃないでしょうね」

「おお、ばれたか。いやー、昨今の若い隊士は、こんなチャンバラの相手もなかなかしてくれなくてなー」

「馬鹿《ばか》にしないでくださいっ!」

噛《か》みつくように叫《さけ》ぶと、ジャックは挑《いど》むような笑《え》みを浮《う》かべたままミレーユを見下ろした。

「馬鹿になどしとらんよ。おまえの動機が知りたいだけだ」

「動機?」

「そうだ。おまえを動かしている情熱のようなものの正体――おまえが身命を尽《つ》くして捧《ささ》げようとしている相手のことを」

「情熱……?」

そんなものは決まっている。いや、そんな呼び名で呼んでいいものかどうかはわからないが、その気持ちは最初から変わっていない。

ぐっと鍔迫《つばぜ》り合いする手に力を込めると、ミレーユはジャックをにらみつけて答えた。

「わたしは、ある人を助けたいだけです。だから、大公の間者なんてやってる暇《ひま》なんかないし、第一、わたしの大事な人を傷つけたやつの手先になんか、死んでもなりません！」

「……」

急に笑みを消し、ジャックはじっとミレーユを見つめた。心の奥深《ふか》いところまで見透《みす》かすかのような、冷徹《れいてつ》な眼差しだ。だが言った言葉に偽《いつわ》りはないし、気持ちにだって嘘《うそ》はない。後ろめたいことは何もないのだからと、堂々とにらみ返した。

ジャックはふっと興ざめしたような顔になる。相手の木刀から力が抜《ぬ》けて、ミレーユは怪訝に思って見上げた。

「もういい。――やめだ」

「は？」

「なんかなー……。馬鹿らしくなってきた」

つまらなそうにつぶやいて、彼は構えていた木刀を下ろす。帽子《ぼうし》を脱《ぬ》いでぽいと投げ、ぐしゃぐしゃと髪《かみ》をかきまわした。

「イゼル――ス！」

いきなり叫び、投げた帽子を回収してやってきた副長に今度は愚痴《ぐち》り始める。

「こんなにあやしいのに、こいつの目は嘘をついてないぞ。単純そうだから何か策を弄《ろう》するほどの知恵《ちえ》もないようだしな！　一体どうなっている。こいつは一体何なんだ！」

「ちょっと！　誰《だれ》が単純ですかっ」

言い返すミレーユをおさえ、ロジオンを従えたイゼルスは冷静な顔で団長に目をやった。

「どうやら、大いなる勘違《かんちが》いだったようですね。――主《おも》にあなたの」


着替《きが》えて身なりを整えた双方は、師団長室で改めて話しあうことになったのだが――。

公女の暗殺命令には応じない、と断じたジャックが正真正銘反大公派だとわかり、ミレーユは悲愴《ひそう》な顔つきで告白した。

「やっぱりそうだったんですね。今まですみませんでした……。記憶喪失《きおくそうしつ》って言ってましたけど、実はあれ、嘘なんです！」

椅子《いす》の肘《ひじ》掛《か》けにもたれて視線を返してきたジャックは、あっさりとうなずいた。

「うん。知ってたよ」

「え⁉」

「何を驚《おどろ》いとるか。おまえのその鈍《にぶ》さにびっくりだ。いいから、とにかく事情を話してみろ」

呆れたように促《うなが》され、ミレーユは腑《ふ》に落ちない思いを抱《いだ》きつつもうなずいた。とりあえずアルテマリスを出てからここへ来るまでの経緯《けいい》を説明する。

一通り事情を聞き終えると、ジャックはしばし沈黙《ちんもく》してから口を開いた。

「…………え？　じゃあ、おまえがここに来たのは、まったくの偶然《ぐうぜん》なのか？」

「はい」

「アルテマリスから来て？　たまたま我々が拾ったから、これ幸いとシアラン側の動きを探《さぐ》るためこそこそ調べ回っていたと？　それも全部王太子殿下のため？」

呆然《ぼうぜん》としたようにいちいち確認《かくにん》をとってくる。なぜかショックを受けているような彼に、ミレーユは怪訝に思いながらうなずいた。

「ええ、まあ。そうですけど」

目を瞠《みは》ってミレーユを凝視《ぎょうし》していた彼は、卓《たく》をばーん、とたたいて立ち上がった。

「それを最初に言え――!!　いろいろ勘《かん》ぐり過ぎてた自分がなんか恥《は》ずかしいだろうがっ！」

「なっ……、言えるわけないじゃないですか！　敵だと思ってたんだからっ」

いきなり怒《おこ》られてミレーユは憤然《ふんぜん》と言い返す。確かに、彼らがエルミアーナの暗殺をしないどころか、いずれ大公を倒《たお》すため暗躍《あんやく》していると聞いて、もっと早くに打ち明けていればと思わなくもなかったが――それもこれも、敵でないとわかった今だからこそ言えるのだ。

棒立ちになっていたジャックはふらりと椅子にへたりこみ、やがて両手で顔を覆《おお》った。

「イゼルス……。私、なんかすごく居たたまれないんだが……。あんなに恰好《かっこう》つけていろいろやってたのに……」

「そうですね」

部下の冷たい相づちに、ジャックは悔しげにドンと卓をたたいた。

「なんだよ！　おまえだって疑ってただろ！　私の手先となってミシェルを見張ってたくせに！　せめて慰《なぐさ》めろよ！」

「それでミシェル。アルテマリスのどのあたりから派遣《はけん》されてきたんだ？」

上官の抗議《こうぎ》を無視して、イゼルスは話を進める。ミレーユは少し考え、やはり本当の自分の名を明かすのはまだまずいような気がして、あたりさわりなく答えることにした。

「ええと、ベルンハルト伯爵《はくしゃく》に縁《ゆかり》の者です」

「ベルンハルト伯爵というと――父君が確か王弟殿下《おうていでんか》だったな。つまり、国王もこのことをご存じであると？」

「いえ、それはわかりません。陛下のご命令で動いてるわけじゃないので。あ、でも、ジーク……王太子殿下は知ってると思いますけど」

「では、神官長とウォルター伯爵に接触《せっしょく》していた理由は？」

推理がはずれて落ち込んでいる団長と違い、副長の追及《ついきゅう》は淡々《たんたん》としながらも隙がない。

「ウォルター伯爵に会ったのは、本当に偶然です。……一緒《いっしょ》に来ないかと誘《さそ》われましたけど、ちゃんと断りました。神官長様に会いに行ったのは、エセルバートさまの無実を証明してくれるように、お願いしに行ったんです」

イゼルスは冷静なまま続けた。

「ベルンハルト伯爵はまだ離宮《りきゅう》に滞在《たいざい》しておられるが——、おまえの身元を問い合わせても構わないか？」

「……はい」

少し迷ったが結局はうなずく。彼らも命がけだろうから、これまで間者と思っていたミレーユの言葉をすんなり信用するわけにはいかないのだろう。ヴィルフリートはきっとうまく話を合わせてくれると信じるしかない。

副長が抜け目なく使者の用意をしている間、ミレーユは落ち込んでいる団長に目線を戻《もど》した。

「でも団長、どうして大公の間者が団長を監視《かんし》してたんですか？　ていうか、間者って結局誰だったんですか？」

「うん。ラウールが独自に調べあげてな。公女殿下の例の書簡の件でおまえに怒鳴《どな》られたのがよほど悔《くや》しかったらしい。あいつもなかなか見上げた根性《こんじょう》をしてる」

「あ……やっぱり気にしてたんだ、ラウール先輩《せんぱい》……。でも結局間者を捜《さが》しだしたんだから、すごいですよね！　で、誰なんですか？」

「ジェロームだ」

先輩書記官の名前を挙げられ、目を丸くする。あまり話したことはないが、ごく普通《ふつう》の人だった気がする。そう言えば、神殿《しんでん》への潜入《せんにゅう》任務についての書類を作っていたとき、やたら内容を突《つ》っ込んできていたが——。

「私は大公に目をつけられているからな」

　ジャックは頬杖《ほおづえ》をつき、まるで他人事《ひとごと》のように続けた。問うように視線を向けると、軽く手を挙げてみせる。

「エセルバート殿下がシアランを出られた夜、最後にお会いしたシアラン側の人間だからさ。行方を知っているのかとか、なぜ生きて逃《に》がしたのかとか、いろいろ言いたいことがあるらしい。私は前大公殿下の騎士《きし》だったから、接触したのに何か意味があると思っているんだろう」

「あるんですか？　意味」

「まあな。鍵《かぎ》を王宮から持ち出して、殿下にお渡《わた》しした。今でも無事に持っておられるといいが……」

　思い出すようにつぶやく彼に、ミレーユは驚きとともに興奮を覚えて身を乗り出した。いつだったかリヒャルトに見せてもらった、宝箱の鍵のことではないだろうか？

「それってもしかして、宝剣《ほうけん》の箱の鍵ですか⁉　花びらみたいな持ち手のついた、小さくて古いやつ！」

「そうだが……知ってるのか？」

「見せてもらったんです。宝箱の鍵だって、すっごく大事そうにしてました」

　その言葉に、今度はジャックのほうが驚いた顔で身を乗り出してきた。

「おまえは殿下ご本人と面識があるのか」

「はい」

「……おまえって、実はかなりの重要人物なの？」

あっけらかんとうなずくのを見て、ジャックは呆気《あっけ》にとられたように確かめる。ミレーユは首を振《ふ》り、ずっと気になっていたことを聞いてみた。

「団長って、お父さんもお兄さんたちも軍をやめたのに、一人だけ残ったんですよね。それってもしかして、エセルバートさまのためですか？」

最初にその話を聞いた時、少し違和感《いわかん》があったことを覚えている。家に背《そむ》いて現大公側についた団長は当時随分《ずいぶん》たたかれたというが、本人は出世など興味がなさそうで、どうしてそこまでして軍に残ったのか不思議だった。だが事情を知った今なら少しくらいは想像がつく。

思った通り、彼は真面目《まじめ》な顔でうなずいた。

「ギルフォードに反抗《はんこう》して辞《や》めるのは容易《たやす》いが、いつか殿下が戻られた時、宮廷も軍も何もかもを完全掌握《しょうあく》されていては手間がかかるだろう。ならば、微力《びりょく》かもしれんが内部に残っていたほうがお役に立てると思ってな。おかげで表向きは大公に従っていなければならんのだ。近頃《ちかごろ》では大分疑われ出して、私を試《ため》すために公女の暗殺など命じてきているが」

「そっか……。難しい立場なんですね」

それで何度も公女暗殺の文書が団長宛《あ》てに届いていたのだ。けれどもそれに従わず、現在も公女を匿《かくま》っている彼は、きっと危ない橋を渡っているのだろう。

「団長が言ってた、エルミアーナさまより優先すべき方って、エセルバートさまのことなんですね。だから必要があれば暗殺するって……」

「必要があれば、の話だぞ。エルミアーナ殿下を保護して王太子殿下側についていただければ有利になる。みすみす暗殺命令になど応じるものか」

だったらなぜ引っかけるようなことを言ってきたのか……とミレーユは思ったが、要するに素姓《すじよう》を聞き出すため因縁《いんねん》をふっかけただけだったのだろう。散々転がされた決闘《けっとう》を思い出して微妙《びみよう》な気分になりながらも、やはり彼がそんな悪人でなかったことが嬉《うれ》しかった。

「じゃあ、団長は本当の本当にエセルバートさまの味方なんですよね。昔も今も」

「無論だ。私の剣《けん》にかけて誓《ちか》おう」

念のためにあらたまって訊《たず》ねてみると、彼は真顔になった。

「八年前のあの嵐《あらし》の夜、国を出られる殿下の御前《ごぜん》でお誓《ちか》い申し上げた。いつかお戻りになる日まで何があっても待っている、この鍵がその日まで殿下を守ってくれますように、と……」

「おお……！」

思わず目を瞠って見つめると、頰《ほお》を上気させているのに気づいた団長は、得意そうににやりと笑《え》んだ。

「恰好《かっこ》いいか？」

「恰好いいです！」

ミレーユは拳《こぶし》を握《にぎ》ってうなずいた。幼い王太子の前に跪《ひざまず》いて誓いを立てるジャックを想像し、感動で胸がふるえる。そんなに昔からリヒャルトのことを思い続けていてくれたなんて、なんという素晴《すば》らしい人なのだろう。

そうかそうかと満足げな団長と、尊敬の眼差《まなざ》しで彼に見とれるミレーユを冷めた顔で見守っていた副長は、そっと息をついた。ひそかに彼はこの二人が似たもの同士ではと思っていたので、それを確認《かくにん》して少し呆《あき》れていたのだった。

「――それで、殿下は今どちらに？」

イゼルスの問いに、それまで壁際《かべぎわ》で無言のまま控《ひか》えていたロジオンが初めて口を開いた。

「現在は神官長様との会談のために神殿へ入られています」

「それが終われば、ここへ戻られるか？　取り次いでもらいたいのだが」

「そのように計らいます」

寡黙《かもく》な二人の会話は無駄《むだ》がなく、早くも終了《しゅうりょう》した。

なおも若き日の団長に感動していたミレーユだったが、神官長と聞いて現実に引き戻された。今日はこれからまだやることがあったのだ。

「団長は、本当の本当の本当に、エセルバートさまの味方なんですよね？」

しつこく念を押すと、ジャックは不満げに眉根《まゆね》を寄せた。

「疑《うたぐ》り深《ぶか》いやつだな。この澄《す》んだ瞳《ひとみ》を見ても信じられんのか」

「いえ実は、その件で公女殿下とお約束してるんです。宝剣と一緒にこっちに来ていただいて、エセルバートさまのところへお連れするって」

「そうだな。そうとわかれば急いだほうがいい。伝令を出すか？」

「あ、大丈夫《だいじょうぶ》です。待ち合わせ場所と時間はもう決めてあるので！」

団長と決闘などという思わぬ事態になってしまったため、そう言えば時間が迫《せま》っている。ミレーユは慌《あわ》ててその旨《むね》を告げると、ロジオンを急《せ》かして師団長室を飛び出した。

二人が喜び勇んで出て行った後。閉まった扉《とびら》を見つめたまま、イゼルスはつぶやいた。

「しかし、ますます謎《なぞ》が増えた気がします。個人的に」

「何がだ」

「ベルンハルト伯爵ほどの立場なら、何もミシェルのような者を送り込んでこなくとも、他《ほか》にいくらでも人材はいるような気がしますが」

「たまたまあいつだけ暇《ひま》だったんだろ」

副長の疑問を、団長は頬杖をついて少しやさぐれ気味に聞き流す。敵でなかったどころか、ミシェルのおかげで念願の王太子と連絡《れんらく》が取れそうだというのは非常にめでたい。しかし推理がはずれたのを、まだ根に持っていたのである。

「髪《かみ》を切ってまでやるとは……。根性があると評していいのか、それとも特別な理由でもあるのか……」

「何の話だ？　――おいおい、何だその小馬鹿《こばか》にした眼差しは」

呆れたような冷たい目で見られ、ジャックが訝《いぶか》しげに聞き返した時、忙《せわ》しなく扉ががたたかれ、伝令が飛び込んできた。

「失礼します！　ベルンハルト伯爵閣下が、団長にお目通りを――」

「断じてあやしいものじゃないぞ！　身元の確認でも何でも好きに聞くがいい！」

叫びながら入ってきた物体を、ジャックは目を丸くして眺《なが》めた。息せき切っているそれは、白い毛並みの二足歩行の虎《とら》のようだが――。

「……もしや、ベルンハルト伯爵閣下でいらっしゃいますか」

「そうだ！　それで、ミレ――いや、ミシェルと言ったか。どこにいる？」

きょろきょろと周囲を見回す彼は、副長が出した身元確認の使者に話を聞いて、わざわざ駆《か》けつけてきたらしい。落ち着きなくミシェルを捜《さが》しているようなので、丁寧《ていねい》に答えた。

「ミシェルなら、さきほど別件で公女殿下《でんか》のもとへ使いにやりましたが」

「そ……そうか。いないのか……。せっかくこれを見せてやろうと思ったのだがな……」

がっかりした様子の伯爵を、ジャックは興味深く見つめた。

「閣下。そのお召《め》し物は、閣下の秘密のご趣味《しゅみ》か何かで？」

「うむ。これか。これはだな――」

伯爵が得意げに説明をしようとした時、再び扉が開いて別の伝令が飛び込んできた。

今日はやけに忙しない。しかも告げられたのは厄介《やっかい》な客の来訪だった。

「申し上げます！　大公殿下の秘密親衛隊がきました！」

青ざめている伝令の言葉に、邪魔《じゃま》だという内心を隠《かく》そうともせずジャックはぼやく。

「やれやれ。呼んでないのにどこにでも現れるな、やつらは」

「だ、団長殿を拘束《こうそく》すると言っていますがっ」

「……何だと？」

顔をしかめる団長に、さらなる伝言が告げられる。

「それから――公女殿下のご居所を包囲する旨、手出しをするなと。妨害《ぼうがい》するようなら第五師団全員を投獄《とうごく》もしくは処刑《しょけい》すると――大公殿下の勅命《ちょくめい》だそうです……！」

泣き出しそうな伝令の報告に、ジャックとイゼルスは素早《すばや》く目線をかわした。

「ロジオン、これでリヒャルトに土産《みやげ》話が一つできたわよ！」

師団長室を辞したミレーユは、うきうきして隣《となり》を見上げた。

かなりの綱渡《つなわた》りだったような気がしたが、とりあえず団長を味方につけるという目標は達成できたのだ。あとはリヒャルトが無事に神殿から戻《もど》るのを待つだけである。

「は。さすがはミシェル様です。感服いたしました」

「けど、リヒャルトが知ったら、絶対お説教ものよ。内緒《ないしょ》にしててね」

「御意《ぎょい》」

即答《そくとう》したロジオンにうなずいて、ミレーユは正面に視線を戻す。

「よーし、じゃあ次はエルミアーナさまね！」

はずんだ声で宣言すると、公女の滞在《たいざい》する館《やかた》に向かって、二人は急いで駆け出した。

あとがき

こんにちは、清家未森です。

「身代わり伯爵の求婚」をお手に取っていただき、ありがとうございます。

これまでは、なにしろ主人公が雄々しいせいでタイトルも少女小説らしくない単語が並んでいましたが、今回は珍《めずら》しく乙女《おとめ》チックな感じになりました。なんだか感無量です。

ちなみに「求婚」に決まる前の仮タイトルは「対決」でした。そういうわけで、いろんなところでいろんな人たちが対決を繰《く》り広げたりしています。

それに関連して、今まで名前だけしか出てなかった人がようやく登場してます。ミレーユと絡《から》んだらどうなるのかなぁとずっと思っていたのですが、やっと出せました。

その他《ほか》、お久しぶりな人たちも出てきます。シアラン編は男ばっかりなので、相変わらずな性格の彼女が出てきてくれて、書いていて楽しかったです。展開上、あまり出番を多く取れなかったのが残念でした。

さて、ここでいくつかお知らせです。

まず一つ目。シリーズ第二巻の「身代わり伯爵の結婚」がドラマCD化されるそうです!

「冒険《ぼうけん》」では出番のなかった第二王子も今回はバッチリ出てきます。

次に、柴田五十鈴先生作画でビーンズエースにて連載《れんさい》されておりますコミック版ですが、二月二十六日にコミックス第一巻が発売されます！　乙女成分多めでとっても可愛《かわい》らしく、男性陣《じん》も皆《みな》かっこよかったり暑苦しかったりで素敵《すてき》です。ぜひぜひ、読んでみてくださいー。

一月二十八日発売のザ・ビーンズ VOL.12 では短編を書かせていただきました。ミレーユの下町での日常など出てきます。よかったらこちらも読んでくださると嬉《うれ》しいです。

最後になりましたが、ねぎしきょうこ様。表紙の超男前な団長と副長、可愛すぎるミレーユに、ものすごく元気をいただきました！　お忙《いそが》しい中、本当にありがとうございました。担当様。またしてもテンション低めで、何かとお手数をおかけしてすみませんでした。

そして本書を読んでくださった皆様《みなさま》に、最大級の感謝をささげます。今年も昨年同様、いや昨年以上に頑張《がんば》りますので、よろしくお願いします！

それではまた、次回もお目にかかれますように。

清家　未森

「身代わり伯爵の求婚」の感想をお寄せください。
おたよりのあて先
〒102-8078　東京都千代田区富士見2-13-3
角川書店ビーンズ文庫編集部気付
「清家未森」先生・「ねぎしきょうこ」先生
また、編集部へのご意見ご希望は、同じ住所で「ビーンズ文庫編集部」
までお寄せください。

身《み》代《が》わり伯爵《はくしゃく》の求婚《きゅうこん》

清家《せいけ》未森《みもり》

角川ビーンズ文庫　BB64-7　15555

平成21年2月1日　初版発行

発行者――井上伸一郎
発行所――株式会社角川書店
東京都千代田区富士見2-13-3
電話/編集(03)3238-8506
〒102-8078
発売元――株式会社角川グループパブリッシング
東京都千代田区富士見2-13-3
電話/営業(03)3238-8521
〒102-8177
http://www.kadokawa.co.jp
印刷所――暁印刷　製本所――BBC
装幀者――micro fish

ISBN978-4-04-452407-4 C0193 定価はカバーに明記してあります。

セイント・バトラーズ
少年大公と執事たちが繰り広げる、華麗なる王宮事件簿、開幕!!
志麻友紀
イラスト／つだみきよ
エディス大公家の若き当主・アンドレア。可憐な美貌と威厳を併せ持つアンディだけど、生まれつき体が弱い彼に、執事たちと親友のヒューはいつも心配顔。そんなとき、彼の領地で若い女性を狙った怪事件が頻発して!?
[セイント・バトラーズ]シリーズ
Ⅰ.菫の大公と黒の家令
Ⅱ.金獅子の伯爵と銀鷲の王　以下続刊